GIADA
E QUEI BENEDETTI MISTERI DELLA VITA

GIADA

E QUEI BENEDETTI MISTERI DELLA VITA

di

François Garagnon

Il diario di una ragazzina
che vuole collegare
il suo piccolo seme di vita
con il grande bouquet dell'infinito

Paoline

Titolo originale dell'opera:
Jade et les sacrés mystères de la vie

Traduzione dal francese di *Nadine Fiorentini*

Illustrazioni dell'Autore

4ª edizione, 2000

Il nostro sito Internet è:
http://www.paoline.it

PAOLINE Editoriale Libri

Via Francesco Albani, 21 - 20149 Milano
Distribuzione: Diffusione San Paolo s.r.l.
Corso Regina Margherita, 2 - 10153 Torino

A Dio.

A tutte le bimbe, fiori che hanno rapito alla Creazione il profumo così puro e delicato della bellezza.

...E a tutte quelle persone che, anche se ormai adulte, hanno conservato sufficiente infanzia e tenerezza per provarne meraviglia.

La ragazzina che ho incontrato è una creatura proprio originale. S'è messa in testa che il mondo va salvato nella sua sapidità, *né più, né meno. Gioca con le idee come altri giocano con i dadi, ma con una sua teoria ben precisa sull'azzarDo, dove, secondo lei, va introdotta una D maiuscola...*

Dio – la D maiuscola sta per lui, infatti – pare si diverta a mettere sulle labbra di questa bimbetta racconti e parabole « così importanti, t'assicuro, che ne dipende l'avvenire dell'umanità ».

Il suo parlare è una straordinaria mescolanza d'ingenuità infantile e di assennatezza moraleggiante. Dalla fusione di questi due stili opposti – familiare il primo, sentenzioso il secondo – saltano fuori formulazioni irresistibili, la cui stranezza non sminuisce il vigore del loro insegnamento, perché, come afferma Giada, che ha sempre l'ultima parola, per quanto quest'insieme di cose possa sembrare paradossale, si può essere fantasiosi e profondi allo stesso tempo.

Per dirla in breve, Giada desidera essere ascoltata « al piano superiore ». Il che va tradotto: in seconda istanza. *Evidentemente il suo frasario richiederebbe talora qualche spiegazione di un traduttore o di un lessicologo. Per conto mio, mi sono abituato alla sua parlata un po' fuorviante, anche se non ne colgo tutte le sottigliezze. Sono ben lontano dal padroneggiare il suo linguaggio in modo perfetto, e alcuni suoi termini resteranno sia per me sia per voi alquanto misteriosi. Commento dell'interessata:* « Una parola è come una mela: bisogna morderci dentro per scoprirne il sapore nascosto e la fragranza ». *Come non perdonarle questa naturale civetteria davanti alla profusione inventiva delle sue immagini poetiche, alla sua freschezza e al suo « spirito di meraviglia »?*

Una delle trovate di Giada è che un sogno svanisce solo se non lo si utilizza. In altre parole, i nostri grandi progetti non vanno relegati in disparte, dicendosi: « Poi si vedrà! », e intanto si tira avanti chetamente per la nostra « comoda straducola ed esistenza pacioccona ». Niente affatto! Bisogna dedicarsi ai propri sogni, qui e subito, e assaporarseli, con gli occhi che brillano come quelli dei bambini che scoprono un regalo sognato da molto tempo.

★

Ho esitato a lungo prima di pubblicare questo libro. Giada ha sempre rappresentato per me un qualcosa di etereo e infinitamente sottile, come un profumo evanescente che si vorrebbe riservare per se stessi, come un segreto. Poi un giorno essa mi parlò di fuoco, di fiamma, di tenerezza e cose del genere. Mi dichiarò che non voleva essere una donna (femme), *ma una fiamma* (flamme). *Aveva udito non so dove l'espressione « tutto fuoco e fiamma » e aveva risolutamente deciso che sarebbe stata l'uno e l'altra per davvero.*

Ma aspettate... mi sembra di conservarne un ricordo assai più preciso. La stavo ascoltando con attenzione particolare, perché pareva volesse comunicarmi un messaggio terribilmente importante. Mi parlava d'una fiamma diversa da tutte le altre, che anche se piccola e debole resisteva a qualsiasi vento, che mai si sarebbe spenta, mai avrebbe smesso di danzare per dare calore, luce e gioia a tutti coloro che vi si fossero accostati. Voleva essere il fuoco del camino, che non si consuma e continua a illuminare: in fondo al focolare, in fondo all'anima. E quasi a giustificarsi aggiungeva: « Vorrei essere la portatrice del senso della speranza... »

È stato così che ho concepito il progetto di far conoscere Giada al mondo intero. « Né più né meno! », per servirmi d'una sua espressione.

★

Ci si inchina, forse, davanti a una ragazzina?! E che importa? Per me è una grande signora! Nel suo galateo non rientra tanto il non mettere i gomiti sul tavolo, quanto piuttosto l'imparare a star bene eretti: dritti – capite bene – nello spirito, per essere davvero degni di partecipare al banchetto della vita.

Quando mi decisi a dire a Giada che avrei scritto un libro che riportasse i suoi pensieri più essenziali, confesso che non mi sentivo troppo sicuro di come l'avrebbe presa. Volete sapere com'è andata? S'è imbronciata un poco, buffamente s'è messa le mani sui fianchi, m'ha guardato con un misto d'indulgenza e di tenerezza, come se il mio fosse un caso senza speranza, e m'ha detto: « Tu sei matto! Ci capiranno un bel niente! Il nostro era soltanto un ... "trilogo" tra te, me e Dio... »

Questo mi disse con furbesco candore, quasi scusandosi di avere preso un posto così grande nel mio cuore.

Mi risuona ancora dentro la sua risata lieve e ribelle che subito svanì, come un cervo volante nell'azzurro infinito dell'immaginario.

1

UN TREMENDO MISTERO

Per lungo tempo un mistero mi è svolazzato in testa, prima di posarsi su di un ramo della mia coscienza. Era un mistero di una grandezza impressionante e mi ci sono accostata pian piano, prima di tutto per evitare che si dileguasse e poi anche perché mi dava un certo brivido.

Il mistero è quello della presenza di Dio.

Non riuscivo a capire perché Dio – che è detto « presente in ogni luogo » – non lo si veda da nessuna parte. Una mattina mi sono svegliata spumeggiante di gioia, come mi succede quando, per ignote ragioni, mi ritrovo ad avere dentro di me un cielo talmente azzurro da avere l'impressione di aver ingoiato l'infinito. Mi sentivo con il cuore in tumulto, la testa in fiamme e tutta in fermento, quasi avessi bevuto troppo spumante. Barcollavo di allegria, in un misto di esaltazione, di soavità e di incanto.

Sai come i Greci hanno chiamato questa effervescenza dell'essere? Entusiasmo. E sembra che ciò significhi: esaltazione prodotta dall'ispirazione divina. È il Dio interiore. Non gli si presta molta attenzione perché egli si fa piccolo piccolo e anche perché in molti casi ci portiamo dentro un qualcuno borioso che non lo lascia parlare: il nostro *Io*.

Mi sentivo, dunque, ubriaca di gioia, e mi rendevo conto che questa euforia era senza motivo. Mi sono detta: "Non c'è una ragione; c'entra, forse, il sentimento". In quel momento ho sentito: « Io ti amo! ». Acciderba! Ti giuro che stavo per svenire! Questo *Io ti amo* non l'ho percepito nella cavità delle orecchie; era molto più forte di un suono normale: l'ho sentito con lo spirito, con il corpo e con il cuore: come un'infinita tenerezza, quasi una marea interiore che giunge a sommergerti. E ho capito che era stato Dio che mi aveva sommersa e soggiogata. In questi casi, provi un sentimento oceanico da cui emergi come un'isoletta tutta schizzata di felicità. Tra me e lui ha avuto allora inizio una grande storia d'amore.

Da quando ho conosciuto Dio, sono molto cambiata. Certo, all'esterno sono cresciuta di appena pochi centimetri, ma ho popolato il mio regno interiore con migliaia e migliaia di oggetti d'interesse e non intendo fermarmi a questi. Ecco come stanno le cose: prima altro non ero che una femminuccia da nulla, ora invece sono una creatura unica tra una moltitudine di altre. Ciò rappresenta una metamorfosi incredibile, che è però alla portata di tutti. A una sola condizione: amare e sentirsi amati. Davvero, e per sempre!

Dio mi rende così felice che qualche volta vorrei che fosse solo mio, come un fidanzato. Quel che non riesco a capire è che pur essendo di nessuno, appartiene a tutti: è allo stesso tempo pubblico e privato, impersonale e intimo, invisibile e presente. Credo, però, che sia meglio così: se fosse troppo presente, ne nascerebbero gelosie e chiacchiere, sottintesi e maldicenze, pianti e strida, lacerazioni e separazioni, e forse anche amare delusioni. Si finirebbe col non crederci più, voglio dire, col non credere più in lui. Mentre invece – capisci – lui non forza mai il tuo cuore. Tu puoi fargli resistenza un giorno, lui non te ne vorrà l'indomani. È davvero un incredibile bel tipo, dopo tutto. Non si trova lì soltanto quando ne ha voglia lui, ma c'è quando di lui si ha bisogno, anche nei momenti peggiori. E ciò è piuttosto raro. Quando dice *Ti amo*, non lo fa mai solo a fior di labbra ma con tutta la tenerezza e l'amore del mondo. E ci mette l'accento della sua terra, riuscendo, a modo suo, da Dio, con una strizzatina d'occhi, a fabbricare istanti di eternità.

A volte vorrei passare dall'altro lato e affacciarmi sul mondo invisibile, giusto per darvi un'occhiata. Ma è chiaro che – appunto perché invisibile – non c'è nulla da vedere! Stranamente ho l'impressione che dovrebbe bastare coprirsi gli occhi per vedere cose diverse da quelle che si vedono con gli occhi aperti. Può darsi che il mondo invisibile sia più bello e più vero di quello visibile; chissà. Talvolta mi prende la voglia di riordinare i cassettini che ho nella mia testa, come se contenessero messaggi importanti. Scegliere attentamente e conservare solo l'essenziale; fare il vuoto per dare un po' più di spazio a Dio, per riempirmi di divino! Vorrei che lui me ne facesse vedere di tutti i colori, un arcobaleno; che mi abbandonasse a me stessa, fingendo quasi di non esistere, e poi all'ultimo momento – quello peggiore! – sbucasse fuori per sussurrarmi all'orecchio: « Non te la prendere, Giada, sono qui! Volevo soltanto vedere se mi amavi veramente... »

2

I PAESAGGI INTERIORI

È difficile da spiegare, ma Dio è uno che a nessun altro somiglia: non lo si ascolta con le orecchie, né lo si vede con gli occhi: lo si sente, e basta!

Non so se ti sia già capitato di incontrarlo, ma è come un gioco di magia. All'apparenza è una cosa semplice come dire buongiorno, e tuttavia c'è sempre un qualcosa di misterioso che plana sopra, come un uccello invisibile in uno spazio sconosciuto.

Sembra che quest'uccello invisibile si chiami Spirito e che sia talmente puro da venir chiamato a volte Spirito Santo.

Quando egli aleggia su di un paesaggio, questo diventa bello e luminoso; quando volteggia su qualcuno, costui è subito illuminato. Il signor Spirito Santo è un po' come un lampionaio che accende tutto ciò che avvicina. Per questo, risulta facile riconoscere la presenza dello Spirito: si respira un profumo di armonia, di equilibrio, di trasparenza. È semplice, è come se l'uomo avvertisse una complicità: una complicità tra il proprio bocciolo di vita e l'enorme *bouquet* dell'infinito, tra il visibile e l'invisibile. Come se il signor Spirito Santo stringesse la mano al signor Uomo con un:

« Come va? »

« Beh, mica male! E tu? »

Una domanda sciocca, evidentemente, perché non si può chiedere allo Spirito Santo « Come va? », per l'ovvia ragione che per lui va sempre bene. Il vantaggio, quando uno è Dio, è di poter costruire gioia con qualsiasi cosa... Anche con il dolore e persino con l'angoscia. Peccato che non si conoscano i suoi trucchi, perché a me succede talvolta di svegliarmi con in testa dei nuvoloni grigi, impossibili da spazzare via; a volte si scatenano anche temporali terribili che straripano dagli occhi. In quei momenti giunge la mamma ad asciugarmi le lacrime con il caldo sole della sua tenerezza.

« Cos'è che non va, tesoro? »

Vorrei dirglielo, perché nulla va nascosto a una mamma, ma non so proprio cosa risponderle. Piove nel mio cuore e io non ne so il motivo. Ciò avviene così, da solo, come se internamente si fosse del tutto spiegazzati, con il cuore a pezzi e gli occhi così annebbiati da poterci tirare fuori delle *omelette* d'idee. È come per l'entusiasmo: non si sa da dove venga. Quasi una sfumatura: l'entusiasmo aiuta a inventare la felicità – ed è una cosa splendida! –, mentre la tristezza è in qualche caso come il maltempo che prevale, dando l'impressione che il sole sia sparito per sempre. Mamma se la ride quando io le parlo dei miei nuvoloni grigioscuri. Non so come faccia, lei, a essere sempre allegra. Se fosse un paese, sarebbe uno di quei paesi del Sud, dove il sole splende quando altrove diluvia. Mentre lei mi parla, nel mio cielo si liberano ampie chiazze di azzurro: in pochi istanti riesce a spennellare l'immaginazione di colori allegri, che riscaldano di colpo dal freddo che stringeva dentro.

« Tutti abbiamo i nostri giorni di pioggia, ma questo non cambia in nulla il paesaggio. Guarda dalla finestra..., osserva il panorama: è immerso nel buio. Domani, però, sarà inondato di luce. Più avanti verrà l'autunno, e poi la neve, ma poi i fiori torneranno a sbocciare, e infine riesploderà la calura dell'estate. Che cosa sarà cambiato? Tutto e niente!

« Vedi, il nostro paesaggio interiore è qualcosa di simile: cambiamenti di clima, pressioni fluttuanti, succedersi di stagioni, di cicli e di ritmi, di pioggia e di bel tempo. Siamo in una metamorfosi continua, e tuttavia nulla cambia. È sempre lo stesso paesaggio. Tu sei sempre uguale a te stessa. Devi accettarti: sotto la neve e sotto il sole ».

La caratteristica di mamma è che ti insegna a scoprire la bellezza anche quando bello non è. Ho imparato così che una persona è come un paesaggio: se la ami veramente, per volerle bene non occorre che rimanga fissa sul bello stabile.

Un giorno passeggiavo sotto una nuvoletta grigioscura. La cosa buffa era che avevo l'impressione che essa mi seguisse, come un aquilone, legato a me da un filo invisibile. Dopo un poco, s'è creata tra noi una specie di complicità e ho finito col trovarla bella e col volerle bene. Le cose appaiono diverse quando se ne scopre la bellezza! È così che mi sono accorta che un lato della nuvoletta grigioscura – quello girato verso l'alto – era sempre illuminato dal sole. Sotto pioveva, ma lassù in alto c'era sempre bel tempo. Questo è il privilegio del Regno dei Cieli: lo splendore del sole assicurato tutto l'anno!

Per noi è un po' la stessa cosa: il nostro spirito rimane sul bello stabile, se è volto verso l'alto, verso Dio. Se si è capaci di guardare la parte superiore dall'interno, non si è mai sottosopra!

M'è già capitato di sentirmi molto infelice. Ebbene, mi sono accorta che l'unico modo di cacciare la nebbia che mi cola nell'animo consiste nel far brillare per un momento raggi di sorriso. Mi dirai che è difficile sorridere quando ci si sente infelici. Infatti lo si impara. E ci si accorge subito che è ancor più difficile sentirsi infelici quando si sorride.

Ecco come stanno le cose!

3

LA PARABOLA DELLE DUE SENTINELLE

Un giorno mamma m'ha raccontato una storia. Se fosse vera oppure soltanto un racconto per ragazzini, non lo so, ma era comunque una storia talmente bella che ho pianto. Mamma non era molto tranquilla e il suo racconto era proprio inteso a cacciare via le mie nuvole grigioscure. « Credi ch'io mi diverta a questo alternarsi in te di pioggia e di bel tempo? », mi diceva. Ho tentato di spiegarle che le mie erano lacrime di gioia, ma lei restò persuasa che lo dicessi solo per farle piacere, mentre invece era vero. Era sera, e io volevo che mi narrasse qualche fiaba, impregnata del sole della sua tenerezza. Ed ecco cosa mi raccontò:

« Quando ero bambina credevo vi fossero degli incaricati celesti con il compito di fare il bello e il cattivo tempo e che ciò dipendesse dal loro umore. Se erano arrabbiati o addirittura furiosi te lo facevano sapere programmando lunghi periodi di pioggia. Altre volte quegli incaricati rivelavano il loro umore bizzarro facendo risplendere un gagliardo sole d'agosto in pieno inverno, divertendosi in primavera a far calare un'ondata di freddo e a spruzzare di neve le vette, oppure a scatenare in piena canicola i loro terribili fuochi d'artificio, con lampi, tuoni, fulmini di Giove, scrosci di pioggia e grandine. Quaggiù sulla terra nessuno ci capiva qualcosa e i poveri meteorologi si sforzavano di mantenere la loro credibilità cianciando di anticiclone delle Azzorre...

«Quest'idea degli incaricati celesti me ne ha suggerita un'altra, e cioè che in definitiva i nostri stati d'animo determinano il nostro clima interiore. Quando il nostro cuore segna il bello stabile, sorridiamo in permanenza e ci sentiamo felici e brillanti. Al contrario, quando la banderuola del nostro umore è girata storta, c'è da attendersi lacrime e strilli. Con un po' d'abitudine, ci è possibile determinare in noi la pioggia o il bel tempo, perché in ultima analisi è una questione di stato d'animo: la fiducia in se stessi conduce al successo, l'illusione crea la delusione, la paura sistematica porta al fallimento, l'amore genera la speranza... Tutti gli avvenimenti che viviamo hanno le loro ra-

dici in noi stessi e nelle nostre predisposizioni coscienti o incoscienti.

« Riguardo alla pioggia e al bel tempo, voglio raccontarti una storia. Poiché è già tardi, spero che tu sia disposta ad abbandonarti alla dolcezza dei sogni, con lo stupore di una Giada ancora piccolina che ascolta attentamente una bella fiaba. Ci sei, principessina? Allora ti racconto *La parabola delle due Sentinelle* ».

C'era una volta un Principe di una lontana provincia, immensamente ricco e potente, che un giorno decise di partire alla ricerca della sola cosa che gli mancava: la felicità.

Cominciò con l'inchiodare la lancetta del suo barometro sul bello stabile e con l'immobilizzare la banderuola, perché quando questa si volgeva dalla parte sbagliata anche lui diventava di pessimo umore. Veramente s'era già accorto fino a che punto l'uomo sia sensibile agli stati d'animo – questi climi interiori che decidono dei nostri buonumori e malumori –, e voleva a ogni costo che tutte le pedine fossero a suo favore.

Poi il Principe assoldò due indovine, ritenute i più geniali oracoli del suo regno, l'una per la sua innata ispirazione, l'altra per la saggezza e lucidità delle sue previsioni. Le due si presentarono nel giorno fissato, e il Principe le accolse nell'intimo di se stesso.

« Mi chiamano *Speranza* », disse allegra la prima indovina, e il Principe, di fronte al suo atteggiamento gioioso pur senza motivo, pensò di aver a che fare con un'illuminata.

« Mi chiamano *Paura* », disse l'altra trasalendo e i suoi occhi stravolti portavano il segno dell'ansietà.

Appena le vide, il Principe restò sorpreso nel constatare quanto fossero diverse tra loro le due indovine che gli erano state raccomandate. E fu ancor più stupito quando seppe che quelle due singolari creature erano cugine di primo grado e non si separavano mai l'una dall'altra.

« Perché sei verde, tu? », domandò il Principe alla prima.

« Perché sono la Speranza! », rispose quella, con tono sicuro.

« E tu perché sei blu? », domandò il Principe all'altra.

« Oh! mi deriva da mia madre, che chiamano la Paura... »

Il Principe conferì loro il titolo onorifico di *artefici dello Stato d'animo* e le stabilì come sue sentinelle devote, col compito di vegliare sui suoi sentimenti, dandosi il cambio giorno e notte. Le due scrutavano in lontananza e si facevano sentire non appena qualcosa di notevole appariva in cielo. Con regolarità pubblicavano bollettini sul clima interiore, che decidevano degli stati d'animo del Principe.

Per dirla in breve, esse facevano pioggia e bel tempo nel cuore del loro padrone.

Per il Principe, ogni giorno si rinnovava il supplizio dell'attesa, perché le sue sentinelle gli davano informazioni contraddittorie, che non mancavano di agitarlo, al punto di non sapere più che fare, né a quale sentimento abbandonarsi. Di fronte allo stesso fatto, l'una incoraggiava i suoi slanci e attizzava i suoi sogni di felicità e di serenità, mentre l'altra non smetteva di contagiarlo con i suoi dubbi e di coltivare in lui la febbre dell'incertezza.

La Speranza lo apostrofava con foga: « Guarda che tempo meraviglioso! Nota come tutto brilla limpido e splendente sotto il sole. Che attendi per essere felice? La vita è come una madre che ti tende le braccia. Cercherò di volgere il tuo cuore all'entusiasmo e al fervore ».

Incline a temperare gli eccessi lirici della cugina, la Paura tirava il Principe per la manica per richiamare la sua attenzione sulle probabili insidie che quella momentanea schiarita del cielo poteva celare. Con voce grave gli sussurrava all'orecchio, come una confidente che lo onorasse di un importante segreto:

« Certo ora il tempo è bello, ma non durerà. Quando tutto sembra indicare il bello stabile, diffida: ciò nasconde sempre qualcosa. Nulla di eterno vi è sotto il cielo e quello che oggi è, molto probabilmente, non sarà più domani. La natura è matrigna! »

Strattonato tra Speranza e Paura, il Principe provava un malessere profondo, accresciuto dal fatto che s'era preso una solenne cotta per una bella ragazza, il cui solo pensiero gli suscitava accesi sentimenti di esaltazione, alternati però a strani attacchi di dubbio e di dolorosi tormenti.

Il giorno in cui nel cuore del Principe si scatenò un violento temporale, con tono trionfante la Paura gli sibilò:

« Te l'avevo detto io! Come vedi, ho sempre ragione! »

Il Principe mandò a chiamare d'urgenza la Speranza e la aggredì severamente:

« Perché mi hai mentito? »

La Speranza sorrise:

« Uomo di poca fede! Si sa che al colpo di fulmine segue la tempesta! Ma, dopo, il cielo ritorna terso e luminoso e il paesaggio si fa meravigliosamente bello. Occorre soltanto saper attendere la fine della bufera. Se ciascuno si chiude in casa per timore della pioggia, le stagioni diventano monotone, ognuno resta al riparo dai più emozionanti stati d'animo della natura, che nell'animo umano si chiamano passioni. E si può morire senza aver gustato per davvero il sapore di quelle formidabili notti d'uragano che precedono la bellezza dei giorni successivi e i deliziosi morsi di un sole di nuovo infuocato ».

« Non le dare retta », intervenne la Paura. « La vita infatti rassomiglia a una fontana: piange sempre! »

La Speranza precisò:

« Sì, la vita è come una fontana: canta sempre! Basta saperla ascoltare! »

« *Crainte* (Paura) », notò il Principe, « fa rima con *complainte* (lamento), mentre *Espérance* (Speranza) fa rima con *Enfance* (infanzia) ». E il Principe decise di accordare meno credito alla Paura.

"A che giova", si disse, "sovrabbondare in saggezza, se questa poi si traduce solo in apprensione per l'indomani, o in attesa ossessiva del peggio? È vero che le cose più belle hanno forse una fine, ma hanno anche un inizio. E allora cominciamo con l'essere felici: siamo un po' meno sensibili all'influsso degli eventi, la cui natura sta nel turbare i nostri orizzonti e nell'eclissare per un po' di tempo – ma solo per poco – il nostro entusiasmo. Che importa, alla fin fine, se il sole altro non è che una sfida temporanea e irrisoria agli elementi? L'importante è che si sappia apprezzarne le carezze e gustarne i baci! E se col susseguirsi delle stagioni il sole si facesse meno caldo e più raro, facciamo finta che lo faccia per civetteria. Dove mai si potrebbe attingere la gioia del ritrovarsi se non vi fossero separazioni?"

Fu così che il Principe di quel lontano paese, che fino allora aveva preteso di comandare anche nel giardino segreto di ognuno dei suoi sudditi, decise di affidarsi ai capricci del vento. Rimise in libertà la lancetta del barometro e sciolse la banderuola, che si trovò subito nei guai per fronteggiare la visita di cortesia dei quattro venti. La sera stessa essa aveva sposato il vento di Sud-Est, e il Principe chiuse le imposte con un sorriso soddisfatto.

Qualche ora dopo gli parve d'udire tra due sogni l'ululato del vento dell'Ovest. Ma giusto per convincersi che non vi sarebbero stati contrattempi, si affidò alla Provvidenza e s'affrettò a riassopirsi sognando che la banderuola se la intendeva con il vento del Sud.

Il giorno dopo, il Principe gustò la sua prima giornata di felicità vera: sotto il cielo e attorno a lui, tutto era imbronciato e grigio, ma il suo cuore si manteneva sul bello stabile. Aveva deciso di assumere a tempo pieno la Speranza per farne l'unica sentinella del suo Stato d'animo. La Paura se ne partì sospirando, ma non faticò molto a trovarsi un altro impiego, perché, a dispetto della sua cattiva fama, aveva pur sempre molti corteggiatori tra gli uomini...

4

LA FORZA DELL'ABBANDONO

A scuola la maestra non smette di dirmi: « Giada, se vuoi, puoi... Basta volere per potere... », e una sfilza di varianti sullo stesso tono. Però io vi dico che sbaglia di grosso, la maestra!

Non è che dica questo per farla arrabbiare, perché anzi le voglio bene: è così gentile pur se un po' sempliciotta, ma non più degli altri adulti. Si sbaglia, perché nella vita l'importante non è la volontà, ma l'abbandono. Sapevo che questo ti avrebbe fatto sorridere... Tu dirai: « Ecco, ci siamo! Giada ha inventato la filosofia dell'amaca e delle dita dei piedi a ventaglio! ». Ma no, seriamente. Credi che sia questo il mio tipo? Quando parlo di abbandono non lo identifico con l'incrociare le dita, lasciando che le cose vadano per conto loro. Ciò sarebbe piuttosto fatalismo, rinuncia o rassegnazione. Io mi riferisco all'abbandono al divino volere.

È semplice: anziché contare sul mio personale briciolo di volontà, io mi rimetto al volere di Dio. Mi sono accorta che lui, Dio, fa le cose molto meglio di me. È un vero asso, sai! Solo che non ama gli scansafatiche, e allora bisogna dargli una mano, bisogna crederci. Hai notato che nell'espressione « crederci » c'è la parola « credere »? L'importante è avere la fede. È per questo che la maestra farebbe meglio a dire: « Giada, se credi, puoi ». Questo sì che sarebbe un vero consiglio! Per tutta la vita!

L'abbandono al volere di Dio è una scoperta straordinaria. Il problema è che le persone non ci credono più: credono soltanto in se stesse mentre perseguono i loro piccoli progetti, che di sicuro o non funzioneranno o andranno avanti solo per breve tempo. E allora, quando le cose non funzionano, finiscono col dire che la vita è mal combinata. È un vero dramma. La vita invece è una grande storia d'amore, e le persone la rovinano perché non amano abbastanza. La gente non si arrischia più ad amare, oppure ama in modo sbagliato. Non è che non amino Dio, ma non ci pensano, e nemmeno vogliono pensarci troppo, perché di lui diffidano. Direbbero volentieri: « Agnello di Dio, che togli i peccati del mondo, lasciaci in pace! ». Ciascuno nel proprio angoletto. A questo punto Dio non insiste. Egli potrebbe spingere la porta se tu la lasciassi aperta o almeno semiaperta, o magari anche chiusa ma con la luce che filtra dal di sotto. Se invece tu chiudi il tuo cuore con il chiavistello e vuoi startene al buio, di certo lui non forzerà la serratura. Non è che non potrebbe: come si sa, Dio è onnipotente! Potrebbe anche giocare al ladro gentiluomo, ma preferisce non farlo. Egli lascia l'uomo libero di scegliere. Siccome gli uomini hanno una quantità di problemi di coscienza e... d'incoscienza, essi scelgono la solitudine, si barricano all'interno del loro cuore che è un po' come il deserto dei Tartari, dove nulla mai accade e in cui vagolano soltanto illusioni perdute. Hanno dimenticato il grande signore, perbacco! La loro solitudine non traspare all'esterno (attorno a loro c'è un formicolio di gente), ma ciò è senza significato. Finché dentro di te non c'è Dio, tu sei come una conchiglia vuota, tu sei solo, completamente solo.

Ho capito tutto questo mentre mi dibattevo con le mie nubi grigio-cupo. È buffo che nessuno mai si sia chiesto chi sia il soggetto di: « piove », « fa bello ». Hai mai intuito che è Dio? È lui che fa la pioggia e il bel tempo. Ebbene, dentro di te, sei tu che fai pioggia e bel tempo; sei tu che muti il tuo clima interiore. Puoi dirti, al mattino: "Basta con le lacrime! Oggi faccio bel tempo!". Non dipende che da te. Però puoi farti aiutare. Per esempio, quando sei tutta imbronciata e nel tuo cuore piove a dirotto, se tu pensi a Dio e ti spunta un piccolo raggio di sorriso, ebbene sai che cosa fa Dio? Egli trasforma quest'esile raggio in un sole pieno, che dall'interno t'illumina tutto. Il sorriso è una strizzatina d'occhi di Dio. Come per incanto, le nubi grigio-cupo svaniscono nell'azzurro infinito dell'eterna armonia.

Succede un po' come per mamma, con il suo immenso sole di tenerezza. Alle volte mi sento così infelice da arrivare a credere che il sole sia sparito per sempre e che Dio non abiti più all'indirizzo indicato. Se seguissi i consigli della mia insegnante (« Giada, se tu vuoi, puoi! »), concluderei nulla, non riuscirei a cambiare atteggiamento. Ma quando arriva la mamma, m'abbandono completamente, perché l'amo tantissimo, forse più di Dio stesso, e il vantaggio è che lei può stringermi tra le sue braccia, e io mi sento come un uccellino nel suo tiepido nido. E questo è terribilmente bello. Allora il sole riappare, perché io m'abbandono alla tenerezza della mamma, che un po' rassomiglia alla volontà di Dio, il quale nella nostra vita vuole che ci sia soltanto della tenerezza vera. Questo ti sbalordisce?

L'abbandono, però, non è solo per quando il cuore piange. È per ogni giorno. Prendi un progetto, ad esempio. Tutti ne hanno e tutti desiderano che si realizzino. Solo che si sbaglia sistema. Si vuole, ci si accanisce, si disperdono scioccamente energie. E poi, l'avete notato?, le cose non vanno mai secondo le previsioni. Allora, perché prevedere? Tanto vale abbandonarsi! Attenti, però: abbandonarsi non vuol dire mollare tutto e lasciare che vada come vuole. È qualcosa di molto più sofisticato!

E cerco di spiegarmi: due persone vogliono una cosa. L'una dice: « Lo voglio e ci riuscirò! », e tutti applaudono, ricordandosi che a scuola la maestra ripeteva loro quel ritornello: « Se tu vuoi, puoi! ». Si commenta: « Costui è un duro e andrà lontano ». E poi, invece, non approda mai a nulla! Credo sia stato Napoleone a dire che la gente che sa dove va, non arriverà mai molto lontano. Allora, giustamente, l'altra persona è uno che non sa troppo bene dove vada ma possiede uno slancio irresistibile, conosce la direzione e l'andatura. Costui conosce tutti i segreti dell'abbandono. Egli si abbandona al giusto ritmo: tutto il resto verrà da solo. È come uno sportivo: al momento buono dimentica la sua volontà, e si abbandona al giusto ritmo, perché è il ritmo, non la volontà, che lo farà vincere.

Se osservi un campione di surf, t'accorgi che le sue scivolate più lunghe e più spettacolari sulla cresta dell'onda avvengono quando egli si abbandona al cavallone e obbedisce a un ritmo preciso;

mentre invece quando s'incaponisce a fare ciò che vuole lui, di sicuro cadrà. Deve perciò lasciar perdere il proprio puntiglio e cercare il giusto ritmo. Questo non è più della ragione, ma dell'intuizione e della sensibilità.

Per noi è lo stesso: quando si volteggia al di sopra del comprensibile, si deve essere capaci di abbandonarsi al ritmo dell'onda. È l'unico modo per non perdere l'equilibrio e trovarsi con il muso in acqua.

Il meglio di se stessi viene fuori quando ci si abbandona. Tutto ciò che si trovava sotto costrizione emerge in modo armonioso, ci si apre alla vita, ci si sente liberati. È la forza interiore che spazza via ogni ostacolo, quasi come un torrente che sgorga impetuoso e inarrestabile e che si alimenta della sua abbondanza. Perché l'abbandono produce l'abbondanza, un'abbondanza continua.

Se tu conti sulla tua minuscola forza di volontà, è come se aprissi con parsimonia un rubinetto da cui fluirà un piccolo rivolo di energia. A forza di economizzare, il tuo cuore rischia di inaridirsi: nulla vi cresce più, né il successo, né i progetti, né la tenerezza, né null'altro che valga la pena di vivere.

Io l'ho capito il grande segreto... se ti avvicini te lo sussurrerò in un orecchio: dove c'è abbandono c'è amore, e dove c'è amore c'è Dio. Ecco, è tutto qui. Occorre saper scegliere e poi donare tutto, senza remore, abbandonandosi alla corrente; dopo essersi accertati della purezza della sua sorgente, lasciarsi trasportare dal suo impeto, captandone il ritmo, l'equilibrio e l'armonia; assaporare il gusto della vita e, nella luce di un grande sole di tenerezza, dire grazie a Dio, grazie che ci guida verso mondi sconosciuti e, senza stancarsi, senza affaticarsi, ci porta lontano, lontano... Lasciare che Dio scorra in noi come una sorgente. Molto semplicemente. Quando avrai capito questo, vedrai: la vita fluisce dalla sorgente...

5

LIBERARE LA SORGENTE

Bisogna diventare sorgenti, bisogna che gli altri abbiano il desiderio di dissetarsi alla nostra sorgente.

Non so se ve ne siate accorti, non si dice « muoio di speranza », ma « muoio di sete ». Ciò prova che la sete è terribilmente importante tanto che da essa può dipendere la nostra vita. C'è molta gente che continua a vivere, senza rendersi conto che invece è morta. Voglio dire che esiste, sì, ma non vive veramente: vivere non è soltanto respirare, muoversi, alzarsi, lavorare e andare in banca a ritirare soldi. Credete sul serio che al termine della vostra esistenza vi ricorderete qualcosa di tutto questo rimescolìo? Ne verrà fuori un maledetto pasticcio, con pochissime cose da salvare. Anche perché, voi sarete completamente rimbecilliti, e confonderete tutto! Benché abbiate vissuto miliardi di miliardi d'istanti, sarà come se nulla fosse mai davvero accaduto. E allora vi direte: « È dunque questa la vita? ». E sarà come se voi non aveste visto accadere nulla...

Una simile conclusione vi sembra sensata?

Io sono sicura che voi avete in testa un mucchio di progetti grandiosi, non è vero? Certo, c'è progetto e progetto. C'è un impegno secondario per raggiungere le cose che si vogliono avere e un impegno assai più interessante per diventare ciò che si vuole essere. Pensate spesso a ciò che avreste da sempre voluto fare. Solo che voi trovate ogni genere di pretesti per non realizzare questo ideale: la forza delle circostanze, la mancanza di tempo, la tirannia della vita quotidiana... E concludete: « Poi si vedrà! ». Ma che significa questo « poi »? Volete che ve lo dica in tutta sincerità? Ebbene significa « mai »!

Se, potendo fare qualcosa, non lo fate, a nulla serve che ne abbiate la possibilità. Non siete affatto meglio piazzati di un altro che non ha questa possibilità. Siete, anzi, in una situazione peggiore, perché l'altro non ha colpa, mentre voi sprecate il vostro talento. È un po' come se voi foste felici, ma non lo dimostraste: come potrebbero gli altri sapere che siete felici? È come se non lo foste! D'altra parte, la felicità è così grande e così straripante che non la si può tenere esclusivamente per se stessi. A meno che non sia felicità pura, al cento per cento, ma un miscuglio di piacere, di egoismo, di eccitazione: uno sfarzo, insomma, che non ha nulla a che vedere con l'Alleluia.

Torno a ripetervi: i sogni si logorano quando uno non se ne serve. Se aspettate che i vostri sogni prendano la polvere, diverrete ben presto uno sgangherato spaventapasseri pieno di ragnatele!

Se non realizzate subito i vostri progetti, significa che essi sono soltanto dei palloni gonfiati, oppure che voi non avete fegato. Delle due cose, l'una: o voi vi ergete sopra voi stessi per mettervi all'altezza dei vostri sogni, o restate degli omuncoli senza interessi, la cui intera esistenza si svolge terra terra, perché, affermano, « non hanno tempo di guardare le stelle... ». E qui cala il sipario!

Sapete perché la gente non si arrischia? Perché hanno ridotto la loro esistenza a un filino d'acqua. Per paura che si esaurisca, aprono il rubinetto appena appena, così che l'acqua stilli a goccia a goccia, per fare economia.

E qui vi presento Raffaele, un mio amico. Lui non è un filino d'acqua, è una vera cascata! Una volta gli ho chiesto dove trovasse tutta quell'energia da buttare e se, a forza di prodigarsi, non avesse paura di restare prosciugato. Raf è scoppiato a ridere, non per prendermi in giro ma solo perché di fronte alle mie uscite lui mi chiama un accidente di paperetta. In quel caso mi disse: « Giada, sei davvero irresistibile! ». Poi, però, mi ha spiegato tutto:

« Hai mai osservato una cascata? È come una caduta e una rinascita perpetua. L'acqua non cessa mai di cadere in abbondanza. Si direbbe addirittura che più scroscia giù, più altra ne sopraggiunge. Più spende energia e foga, più si fa impetuosa. Più intensamente l'acqua s'abbandona al proprio impulso, più è pura. Ebbene, tu sei uguale.

« Hai sentito parlare di falde freatiche? Sono le acque sotterranee che alimentano pozzi e sorgenti... Ebbene, io credo che anche noi abbiamo delle falde freatiche che solcano l'intero nostro essere. Se non si è capaci di liberare la sorgente, essa finisce per prosciugarsi e si diventa cuori inariditi...

È per questo che bisogna diventare sorgenti per gli altri: perché non muoiano di sete. Certo, non ci si improvvisa sorgenti, lo si diventa. Tu, forse, credi che occorra avere molta acqua per donarne, ma ti sbagli. Il signor Saint-Exupéry ha detto: ''Più dai, più ti arricchisci; più attingi alla sorgente vera, più essa è generosa''. Capisci? »

Debbo confessare che non mi riusciva facile capire. Riassumendo il pensiero di Raf: più le cose si fanno gratuitamente, più si diventa ricchi. Dopo di che, pensate che se io andassi da un botte-

gaio a dirgli: « Più regali merce e più ricco diventi », costui mi prenderebbe sul serio? Scoppierebbe a ridere, senza dubbio, e mi risponderebbe: « Tu sei proprio carina, ma non ti vorrei come cassiera! »

Dopo molte riflessioni ho concluso che non si tratta d'una faccenda di soldi, ma di cuore. È vero che si possono fare cose per proprio piacere, ma il piacere più grande... è il piacere di far piacere! Per il piacere di Dio! Gratis per Dio! Raf chiama questo sublime gratuità. Egli dice: « A che serve tesorizzare nel proprio cuore? I sentimenti non donati sono sentimenti perduti! ». Se si capisce questo, non si dà più a goccia a goccia, ma a cascata. Più i sentimenti sgorgano fuori, più ne giungono a valanga. Più sgomberi la tua sorgente, più s'ingrossa il suo getto!

Più doni, più ti arricchisci... E se proprio così facessi la mia fortuna? Acciderba!... Davvero, a me non spiacerebbe diventare miliardaria... in sentimenti!

6

CARPE DIEM

Ieri sera non riuscivo ad addormentarmi. Un mistero mi aleggiava in testa formando strani arabeschi, e ciò mi dava il capogiro. Va detto che si tratta di un mistero grande, altrettanto grande quanto quello della presenza di Dio, tanto ch'io mi domandavo se non si trattasse dell'identico strano uccello.

Il caso e il destino... Ne avevo già discusso a lungo con la mamma, ma ora mi sorgevano interrogativi d'ogni genere, tutti importantissimi; così importanti, t'assicuro, che ne dipende l'avvenire dell'umanità. Difatti per puro caso io sono nata, per caso ho incontrato Raf, e per caso è capitato ogni avvenimento fondamentale della mia vita. Il problema è che del caso non si sa assolutamente nulla. Questo, dunque, era il mistero che mi sfarfallava in testa, con giravolte continue, tanto che mi son decisa ad andare a svegliare la mamma:

« Mamma!... Chi è il caso? »

« Che cos'è che non va, Giada? Hai avuto un incubo? »

« No. Però, non riuscirò ad addormentarmi finché non avrò saputo chi è il caso. Dimmelo, dunque».

«Ma insomma, Giada, il caso non è mica Babbo Natale! Vorresti che ti dicessi che sono io?»

«Dimmi che sei tu, se lo sei veramente. Ma io ho già una mia idea al riguardo... Il caso è Dio, non è vero? È la volontà di Dio, è lui che si nasconde dietro tutto. E allora perché, se è lui, non lo dice?»

Mamma tirò un lungo sospiro, tanto che rimpiansi d'averla svegliata. Ma non avevo potuto farne a meno: bisognava assolutamente che io sapessi. Allora mi disse:

«Dio ha creato l'uomo libero e non vuole apparire come uno che s'impiccia di faccende che non lo riguardano... Per questo, forse, dà appuntamenti all'uomo lungo il suo cammino, nel corso della vita, servendosi di quello che viene chiamato il caso, o le coincidenze».

«Ma io non sono libera, se lui mi costringe a fare ciò che vuole lui! D'altronde ho già sentito parlare della predestinazione: io faccio non ciò che ho voglia di fare ma ciò che Dio vuole ch'io faccia. Sono ridotta, quindi, a una marionetta...»

«Credi forse che sia Dio a volere che gli uomini facciano il male, che scatenino le guerre, che si odino fra loro, tradendosi e uccidendosi?»

«No no, perché credo che Dio, per sua natura, voglia che tutti gli uomini si amino gli uni gli altri. Ma...»

«Questo prova, dunque, che gli uomini fanno esattamente quel che vogliono. Quelle che tu mi poni, mia piccola Giada, sono grandi questioni, alle quali non si può rispondere a cuor leggero; si finirebbe per avere dei preconcetti e trovarsi fuori strada per tutta la vita».

«Ma tu: qual è il tuo parere?»

«...Goethe ha detto: "Nella vita, i giochi sono preordinati ma, nonostante il gioco preordinato, ognuno può giocare una partita diversa". Ciò significa che nel gioco della vita tutti abbiamo delle carte, degli assi, ma lo sviluppo della partita dipende da noi, dal nostro talento, dalla nostra capacità di adattarci e dal nostro brio nel padroneggiare ciascun istante nell'insieme della partita. V'è chi spreca i propri assi, e altri che vincono la partita pur partendo con seri svantaggi. Nulla è mai giocato in anticipo.

«Vedi, nella Bibbia c'è una domanda fondamentale: "Che ne hai fatto del tuo talento?". Questo interrogativo dimostra che Dio lascia l'uomo libero di vivere la propria esistenza come meglio crede. Dio ha messo in lui alcuni semi e s'attende che egli li coltivi e ne abbia cura. L'uomo è libero di portarli a maturazione o di lasciarli morire. Succede quindi che molti semi soffochino ancora in grembo. È questa la libertà dell'uomo: poter dire sì o no, curare o lasciar perire, far fruttificare o uccidere il seme».

«Dunque, secondo te, l'uomo gode d'una libertà senza limiti...»

«Non esattamente... Diciamo: senza limiti entro il limitato quadro di quanto ci è destinato. Tu sei nata in mezzo a un campo di cose possibili, con un certo numero di talenti: tu non puoi fare tutto, vi sono cose che non potrai mai fare. Ma ci sono molte altre cose che tu puoi fare, e dipenderà da te scegliere tra queste possibilità e far fruttare al meglio il tuo talento. Mi sono spiegata? »

Il giorno dopo avevo una tale fretta d'incontrare Raffaele per parlargli del caso e del destino che giunsi da lui ansimante:

« Dimmi, Raf: tu hai già... coltivato delle possibilità? »

« Che cosa? Di quali sciocchezze vai cianciando? »

« Delle possibilità... M'è stato detto ch'io sono nata in mezzo a un campo di possibilità... »

Raf scoppiò a ridere e, sedutosi per terra, mi disse:

« Sai che davvero sei una paperetta straordinaria! Un campo di possibilità non è come un campo di porri, di pomodori o di patate!... Il tuo campo di possibilità non è altro che la sfera della tua libertà, lo spazio entro cui puoi tradurre in realtà i tuoi desideri. Per dirla in breve: il campo entro cui le cose ti sono accessibili, e in cui ti sono offerte delle possibilità... »

Raf è un furbacchione e per tutto ha una risposta... Gli ho riferito quanto mamma m'aveva detto e gli ho chiesto cosa ne pensasse. S'è alzato in piedi, ha abbozzato un ampio gesto, quasi a mostrarmi l'infinito del cielo e ha esclamato:

« *Carpe diem...* »

« Cosa? »

« *Carpe diem.* Che vuol dire, secondo te? »

« Non lo so... Una marca d'auto? »

« Ah! Ah! »

E non smetteva più di ridere. « Ci sei andata vicina, principessina! C'è infatti un certo rapporto con il codice stradale... È una Via, se vuoi. Un codice di condotta per la vita... »

Ridiventato serio, m'ha presa per un braccio e io ho affondato i miei occhi nei suoi, d'un azzurro così intenso che credevo d'annegarmici.

« Stammi bene a sentire e sforzati di ricordare quanto sto per dirti perché è molto, molto importante. *Carpe diem*, in latino, vuol dire: Metti a profitto il giorno presente. È stato il poeta Orazio a dirlo, per ricordarci che la vita è breve e fuggevole e che non va sprecata. Moltissimi sono quelli che non sanno mettere a profitto il tempo che passa. Non smettono mai di lagnarsi: "Mi manca il tempo, mi trovo sommerso dagli impegni...". Fra tutte le scuse, questa è la peggiore, e v'è gente che per tutta la vita se ne serve, stupidamente, quasi fosse una giustificazione valida. Ricordati bene: non hai tempo di perdere tempo! La vita è troppo breve per viverla a metà... Bisogna quindi vivere pienamente le ore della propria esistenza. Certo, non tutte saranno intense, perché la vita è fatta di contrasti ma bisogna che tu non ne rinneghi nessuna. La maggior parte delle esistenze sono intessute di lamentele, di rimpianti e di illusioni perdute. C'è chi dice: "Ne avessi avuto il tempo, avrei fatto questo... Ah! se avessi potuto fare quell'altra cosa!... Che volete, nella vita non si può fare ciò che si vuole e occorre adattarsi alla realtà", e molte stupidaggini di questo genere. Ma io ti dico: sogna, Giada, sogna! Non per il piacere di sognare, ma per andare fino in fondo ai tuoi sogni! Ciascuno di noi tiene in mano un capo di una cordicella con cui può intrecciare un nodo che è quello della verità.

« Sai di quanti secondi è fatta una sola giornata? 86.400! Ogni giorno tu vivi ottantaseimilaquattrocento secondi, capisci? È una provvista incredibile, non ti pare? E ci puoi fare migliaia di cose in questo spazio di tempo! »

Non riuscivo a capacitarmene: mai avrei immaginato che in una semplice giornata vi fossero così tanti secondi! Ho preso una matita e un foglietto, ho fatto un calcolo, e sapete che ne è venuto fuori? Che un bimbetto, venuto al mondo da appena dodici giorni, è già milionario... in secondi! E mi son detta: che ne faccio io dei miei miliardi di miliardi di secondi? C'è chi dice che il tempo è denaro; io spero proprio che si sbagli: pensate ai debiti che si avrebbero, con tutto il tempo perso: miliardi di miliardi di debiti! Ma, allora, perché non si vive meglio la propria vita?

« Dimmi, Raf: che cos'è il senso della vita? »

« Il senso della vita? Eccone il segreto: "Fai del tuo meglio e poi lascia fare a Dio". Non dare ascolto a coloro che vorrebbero allontanarti dai tuoi sogni, a coloro che vorrebbero scoraggiarti nel cammino, a coloro che non credono più. Che ne sanno, loro, del tuo mistero? Tocca a te esprimerlo pienamente, con tutta la forza del tuo amore. Bisogna essere innamorati pazzi della vita! Bisogna osar rischiare! Anche quando credi di osare, in realtà non osi mai abbastanza. Di' a te stessa con forza, che quando uno si dona, ciò non è mai "troppo", ma sempre "non abbastanza". Non si ama mai troppo. Ci si può ingannare, si può amare male, ma non si ama mai abbastanza. Mai, capisci?

«Fa' del tuo meglio, Giada. Tu lo sai: il male lo si fa così bene, e il bene così male... Sì, fa' del tuo meglio! E quando avrai fatto tutto ciò che ti è possibile, non dimenticare di mollare la presa e di abbandonarti alla volontà di Dio. Perché se non hai la fede, quella vera!, i tuoi sogni verranno spazzati via come foglie morte dal primo soffio di vento.

«Un giorno, Dio verrà a visitare il tuo giardino interiore e ti chiederà: ''Che ne hai fatto del tuo talento?''. Come sarebbe bello se, volgendoti a lui con un gran sorriso, gli potessi mostrare tutto ciò che nella tua vita hai fatto con amore: ''Ecco, Signore!''. E lui, Dio, vedrà tutti i piccoli semi che hai piantato, che hai curato, che son diventati piccoli germogli, e poi alberi, fiori e frutti. Allora si girerà verso di te e, son pronto a scommettere, anche lui ti dirà: ''Giada, tu sei una paperetta straordinaria!''»

7

LO «SPIRIT OF WONDER»

Sento una voglia matta di sbalordire il buon Dio. Vorrei proprio che lui mi ammirasse, che mi trovasse irresistibile, che mi coprisse di coccole, perbacco! Con Raffaele è nata una specie di complicità, intrecciata di parole in greco, latino, ebraico, perché nessuno ci capisca, se non noi due e Dio. Le nostre tre magiche parole d'ordine sono *Carpe diem*, *Alleluia* ed *Éureka*: parole chiave che entrano in tutte le serrature della vita e aprono tutte le porte, tutte!

Carpe diem - Alleluia - Éureka sono quindi la nostra filosofia, mia e di Raf! Volete che ve le traduca? Ebbene, anzitutto occorre saper sfruttare il giorno che sta trascorrendo (questo è il significato di *Carpe diem*); poi bisogna essere pieni di gioia per ringraziare Dio d'averci dato la vita *(Alleluia)*; e infine si deve impiegare il proprio tempo a cercare, senza mai stancarsi, soluzioni di speranza, fino a che non le si trovi: *Éureka*: ho trovato! In questo modo, come dice Raf, si può davvero vivere il proprio sogno, anziché sprecare il tempo a sognare la vita!

Raffaele l'ho incontrato per caso sulla collina, un giorno che vi era appena atterrato. Già, non vi ho ancora detto che Raf vola. No, non è un uccello e nemmeno un angelo, e non ha le ali: semplicemente, pilota un aeroplanuccio, con il quale compie regolari escursioni sulla campagna e sul mare. Questo aggeggio per volare l'ha battezzato *Spirit of Wonder*, che in inglese vuol dire *Spirito di Meraviglia.*

« Porta bene il suo nome », si vanta sempre Raf. « Decolla in pochi metri, ti fa vedere le cose come mai le hai viste, e per di più è instancabile! »

Raf avrebbe potuto metter su un'agenzia di viaggi! Solo che la gente non s'azzarda più a salire sul suo aereo. Bisogna riconoscere che si tratta di un « arnese » scombicchierato, messo insieme in qualche modo, ormai maledettamente corroso dalla salsedine del mare e piuttosto sghimbesciato per le acrobazie di Raffaele.

Raf ha viaggiato molto, ne ha viste di tutti i colori. Debbo quindi riconoscere che sa bene quello che dice, perché a me ha raccontato un mucchio di cose su ciò che ha visto. Ad esempio, in certi paesi sembra che le chiese stiano aperte tutto il giorno e tutta la notte, per cui la gente entra ed esce quando vuole. Vi sono molti vecchi che vanno a pregarvi, forse perché hanno paura della morte. E anche molti giovani, forse perché hanno paura della vita.

Comunque sia, in quei paesi, giovani e vecchi

si sentono cose da nulla se Dio non dà loro una mano, e allora vanno in chiesa a pregare un sorso, proprio come altrove si va al bar a bere un sorso. La differenza è che i primi vanno in chiesa per ricordarsi, mentre gli altri vanno al bar per dimenticare. Tutto qui!

Secondo Raffaele, v'è una qualità che permette di ottenere tutto e di realizzare appieno i propri sogni, di vivere un grande amore, di non disperare mai, di adorare sempre Dio, e di volare persino nell'infinito delle cose..., una qualità che, secondo Raf, è la più importante del mondo, la più grande che un uomo possa mai esprimere. Questa qualità è lo spirito di meraviglia. Senza questo spirito è impossibile applicare la filosofia del *Carpe diem - Alleluia - Éureka*. Sarebbe come pretendere di volare senz'ali!

SPIRIT OF WONDER c'è scritto a grandi lettere bianche sulla carlinga dell'aereo.

Raf dice:

« Il giorno in cui lo *Spirit of Wonder* si romperà il muso, sarà la fine del mondo! »

Quando lo vedo decollare sul suo vecchio trabiccolo a elica, provo un brivido alla schiena. Anzitutto perché Raf è un vecchio amico. Poi perché il giorno in cui si spezzeranno le ali allo « Spirito di Meraviglia » ed esso non potrà più sollevarsi in volo, mi domando se il mondo continuerà a girare...

Raffaele ha diviso gli uomini in due categorie: i *perchepoisti* e i *perchenoisti*. Secondo lui, ci sono quelli che dicono sempre: « *perché poi?* », e dappertutto vedono solo ostacoli da sormontare; e poi ci sono quelli che dicono « perché no? » e che vedono soltanto lo scopo da raggiungere. La cosa che lo rende triste è che i *perchepoisti* si fanno sempre più numerosi, e sono autentici assassini, perché uccidono lo spirito di meraviglia. Provano un gusto maledetto a criticare tutto, a lagnarsi d'ogni cosa, a incrociare le braccia alla prima occasione. Delusi, trascorrono la vita come se non avesse nulla di veramente importante. Raffaele li chiama anche « negatipi » perché sono creature che hanno perso il contatto con la Creazione.

Un giorno Raf m'ha fatto un sermone sul *Carpe diem - Alleluia - Éureka*, un sermone che mai dimenticherò. Ecco ciò che mi disse:

« Non lasciarti irretire da quel gioco, mia piccola Giada: tu vali molto più di loro. Non commettere la sciocchezza di voler rassomigliare ai tuoi contemporanei! Quando al mattino ti svegli, pensa che non sei affatto sicura di essere ancora viva al tramonto del sole... Non è questa la migliore ragione per dire grazie ogni giorno a Colui-che-muove-l'Universo-e-regge-ogni-cosa, grazie perché fa sì che la Terra sia a volte così bella? Non è questo un motivo per meravigliarti della Vita, sotto qualunque forma essa si esprima, fosse pure l'impercettibile fremito d'un filo d'erba alla brezza della sera? Non è questa una ragione per ricercare le grandi occasioni, le persone di valore e tutto ciò che è degno di speranza? Non è questo un motivo per vivere pienamente le tue gioie e sopportare dignitosamente le tue pene?

« Non scordarti mai di respirare il profumo della vita, di alimentare la fiamma della gioia interiore, di essere sensibile alla carezza dell'aria mentre cammini, e di colmare tutti i tuoi sensi delle immagini, degli odori e delle melodie del mondo. Sì, non scordarti d'assaporare il gusto della vita, il suo nettare reale, raccolto su fiori dall'intatta bellezza, questo miele dalla dolcezza squisita e dalle virtù magiche e segrete ».

A quel punto io, la piccola Giada, al cospetto del comandante dello *Spirit of Wonder* sono scattata sull'attenti e ho gridato, come un giuramento:

« *Carpe diem! Alleluia! Éureka!* »

8

LE B-ATTITUDINI

Molto spesso Raf parla di felicità. Secondo lui, esistono tre B-attitudini: il Bello, il Buono e il Bene. Se il vostro clima interiore si deteriora, sicuramente avete un qualche problema di... B-attitudini.

Un giorno gli è venuto il ghiribizzo di creare un gruppo di gente felice: il Club del Buon Umore. La cosa più difficile è stata il reclutamento: c'eravamo soltanto noi due, mentre le persone di cattivo umore erano milioni di milioni. All'inizio, chiaramente, il Club del Buon Umore esercita una grande attrazione, perché vi fa sempre bello, solo che è molto difficile: non entrarvi, no, ma restarvi.

Quando vi svegliate, al mattino, vi trovate a volte così inondati di felicità da essere raggianti. Poi inizia la giornata, e vi imbattete in gente che ha in testa interminabili codazzi di nubi grigioscuro così minacciose che si ha l'impressione che a pungerle appena si scatenerebbero uragani. Allora chiaramente non è facile restare sul « bello stabile ». Dopo poco vi trovate scoraggiati: avete l'impressione di sprecare i vostri bagliori di tenerezza. E finite per passare dall'altro lato, dal lato della gente di cattivo umore. Voi vi dite: «Dopotutto, non c'è motivo che io faccia degli sforzi, dal momento che nessun altro ne fa!». È buffo: sembra quasi che si provi più piacere a farsi avvocato del diavolo che complice di Dio! Non c'è proprio giustizia!

Raf dice che il cattivo umore è come l'influenza: basta che uno ce l'abbia perché subito altri dieci la prendano. Quel che non capisco è perché non si riesca a contagiare gli altri anche con il buonumore. Raf m'ha spiegato che i malanni sono assai più facili da trasmettere che non le B-attitudini, come il Bello, il Buono e il Bene. Nondimeno, si è tutti sotto lo stesso cielo, e ciò dovrebbe bastare per tendersi la mano e rivolgersi un mucchio di sorrisi che riscaldino il cuore. La mia intuizione femminile mi dice che c'è qualcosa che fluttua nell'aria, come una tentazione. Ma la gente non osa, non s'arrischia a sorridere. Non capisco perché.

Tuttavia la regola della felicità è di conservare sempre il sorriso. Per questo, assieme a Raf, si è deciso di fare delle cure di buonumore. Bisogna digiunare molto: per giorni e giorni, s'è deciso d'astenersi da qualsiasi parola sgarbata, offensiva o funesta e di vedere soltanto ciò che va bene. Anche se ci sono nuvoloni neri che si rincorrono dentro di noi, è assolutamente vietato lasciarli sciogliere in pioggia. Basta guardare al di sopra: il lato che è sempre rivolto verso il sole. E quando si ha un guazzabuglio in testa, quando si è arrabbiati a motivo del grigiore interiore, bisogna dire alla signora Felicità: «Scusami se t'ho offesa: ho guardato dalla parte sbagliata...». All'inizio è terribilmente difficile, perché ci si vorrebbe abbandonare ai propri umori. Poi dopo diventa stranamente gradevole: è come il sole che comincia a riscaldare in pieno inverno. Anche se gli altri t'accolgono in modo glaciale, si resta calorosi, di tutto quel calore che si è accumulato durante la cura di buonumore.

È così che si può disegnare la vita con il Bello, il Buono e il Bene e far sì ch'essa rassomigli a una cattedrale anziché a una vecchia e fradicia capanna sempre sul punto di crollare.

Non so se l'abbiate notato: ciò che divide tra loro le persone sono le parole: anche parolette da niente possono causare disastri tremendi. Vi sono parole che feriscono e parole che addirittura uccidono. Raf dice, ad esempio, che l'amore può cominciare con un gesto e finire con una parola, una parola di troppo. Forse si riveste di parole la realtà perché si ha paura di vederla nuda. Forse anche sarebbe meglio starsene zitti più spesso: imparare a contemplare, non dire nulla, restare in silenzio. Non un silenzio qualsiasi! Di silenzi ce n'è un'intera gamma: gravi, penetranti, intensi. C'è il silenzio che maschera l'assenza e il vuoto; c'è il silenzio di chi non osa; c'è il silenzio di chi non vuole pronunciarsi o se ne infischia; c'è il silenzio di chi chiude gli occhi e non vuol occuparsi di cose che non lo riguardano. Tutti silenzi non belli. Io parlo del silenzio delle stelle, dei silenzi a due, pieni di segni, di messaggi e di connivenze: un silenzio soffice e schietto, smussato come la tenerezza e inebriante come l'amore. Un silenzio denso, quasi una danza del silenzio...

Nulla gli innamorati amano più del silenzio. È

strano: è proprio quando non dicono nulla ch'essi si comprendono meglio... Come Raf un giorno ha detto: « L'amore vero lo si riconosce dal fatto che il silenzio dell'altro non è più un vuoto da riempire, ma una complicità da rispettare ». Be', quando si ama qualcuno, colui che si ama è come Dio, cioè uno che a nessun altro rassomiglia, che non ha bisogno di parlare per essere presente, che è capace di costruirti l'infinito in un sorriso e che, quando a lui pensi intensamente, riesce a trasportarti in un mondo che non esiste, o che esiste soltanto da qualche altra parte.

Mi sono resa conto molto presto che Raf non è un adulto come gli altri. Ne conoscete molti fra i « grandi », che cerchino di realizzare i propri sogni fino alla fine? Ebbene, Raf fa proprio questo! D'altra parte, vi confesserò una cosa: Raf non è un adulto: è un ragazzetto mancato!

9

IL CERIMONIALE MISTERIOSO

Volete che vi dica come ho incontrato per la prima volta il signor Spirito Santo? Vi farà ridere e penserete che vi racconti delle storie, ma le cose sono andate proprio così.

Dio mi ha dato di incontrare persone davvero eccezionali che mi sono diventate amiche. Dico: « Dio mi ha dato », perché non siamo noi a scegliere, e, soprattutto, è Dio che ci dà man mano le carte più importanti del gioco dell'esistenza: gli incontri. E se dico che queste persone sono davvero eccezionali non è perché sono miei amici ma perché cantano la loro vita a pieni polmoni, mentre altri la sussurrano appena a fior di labbra.

Raffaele, ad esempio, è come un fiammifero: non lo diresti, eppure egli sarebbe capace di infiammare l'intero mondo, tanto è l'amore che gli crepita dentro. Come già vi ho detto, Raf pilota un vecchio trabiccolo d'aereo e parla continuamente del signor Saint-Exupéry che, a quanto pare, era un piccolo principe che finì per volare su di un altro pianeta. Dapprincipio io avevo capito Saint-Esprit, cioè « signor Santo-Spirito », e Raf era scoppiato a ridere. Ma poi, pensoso, ripeté: « Il signor

Santo- Spirito, il signor Santo-Spirito... » e mi disse: « Sai che sei un incredibile fenomeno, tu? ». Certo che lo sapevo, ma non capivo dove volesse andare a parare. E poi un giorno, è arrivato, mi ha sollevato da terra per proiettarmi verso l'infinito, le braccia tese, e mi ha detto, con le pupille accese:

« Io l'ho incontrato... il signor Santo-Spirito! »

Pensavo che lo dicesse solo per prendermi in giro, ma mi ha raccontato dei giochetti incredibili, tanto da mettere anche a me la voglia d'incontrare il signor Santo-Spirito.

« Pensa al modo in cui la tua vita si svolge. Sei stata davvero tu a scegliere i momenti più importanti? No! Essi sono arrivati da soli, tu *vi sei stata condotta*, e questo è tutto. È come l'entusiasmo: passa attraverso di te, ma non dipende da te o comunque non dalla tua volontà. A volte, per anni impegni la tua volontà per riuscire in qualche cosa, e alla fine nulla accade o almeno non proprio quello che avevi sperato. E allora dici a te stessa: "Non l'ho meritato, non ho avuto fortuna: la vita è mal combinata!". Eppure hai fatto quanto ti era possibile. Soltanto che la buona volontà non è la volontà attiva, e la volontà attiva non è necessariamente la volontà di Dio. Altre volte non fai nulla o quasi, e le cose si svolgono in modo del tutto naturale e vanno a buon fine senza il minimo problema. Basta talvolta un gesto, uno sguardo, un sorriso, e tutto di colpo si scioglie... D'altra parte, forse l'hai sperimentato tu stessa: dopo aver aiutato qualcuno, per tutta ricompensa ricevi soltanto indifferenza o ingratitudine; in altri casi, solo perché hai ascoltato una persona che ti voleva parlare, ti senti ringraziare, quasi avessi compiuto un miracolo, quando invece tu non hai detto niente, non hai fatto altro che ascoltare. È ugualmente straordinario questo, non trovi? A far progredire le cose non siamo noi e la nostra piccola volontà: è il nostro stato d'animo. O, se vuoi, la nostra facilità a comunicare con il signor Spirito Santo».

Sul momento non ho capito molto di ciò che Raffaele volesse dire. Ma era talmente entusiasta nel raccontarmi tutto questo che l'ho ascoltato con attenzione. E lui mi ha detto che un'altra come me non esisteva (toh! ci mancherebbe soltanto questa!). Ho perciò riflettuto su queste cose che scattano da sole, per un intervento dello Spirito Santo.

Con Raffaele, siamo poi andati a vedere Amorgen, un maestro di tiro con l'arco. È un vecchio saggio e venerando, accanto al quale mi sento un broccoletto, ma lui vuole che fra noi si parli da uguali, perché – afferma – io so tante cose quante lui e forse persino di più. È buffo, non è proprio un adulto, una «persona grande» come gli altri, tanto che una volta gli ho detto che ragionava come un ragazzino di otto anni. Sapete cosa mi ha risposto? Che lui aveva cento e otto anni ma che a partire dai cento si ricomincia da zero e quindi aveva effettivamente otto anni. Non so se gli devo credere: ho l'impressione che sia un terribile burlone che maschera bene il suo gioco. Comunque, se ha davvero più di cento anni, proprio non li dimostra!

Si è dunque parlato del signor Spirito Santo. Anche su questo tema Amorgen aveva un mucchio di cose da insegnarmi, perché anche se ha solo otto anni, egli ha già compiuto un giro di boa nella vita, e ciò dà indubbiamente un certo vantaggio per capire meglio le cose dell'invisibile... Io e Raf abbiamo passato la serata con lui e mai dimenticherò ciò che ho visto, perché ho l'impressione di aver guadagnato cento anni di saggezza. Ci sono ragazzine che avrebbero preferito sgranocchiarsi un cartoccio di caramelle, ma per me quella serata, ve lo giuro, era il primo premio della lotteria!

Lasciate che vi racconti. Avevamo passato la sera fuori a discutere, ma poi la notte s'era fatta così buia che bisognava strizzare gli occhi per vederci fra noi. A quel punto Amorgen si è alzato in piedi, ha sollevato il capo verso il cielo e ha detto: «Ecco la notte, ecco il silenzio e la brezza, ecco la pienezza dell'attimo!». In quei momenti, si sta zitti e lo si lascia parlare come se fosse un reduce dall'aldilà, un fantasma, un poeta, un profeta o un pazzo. D'altronde, egli è un po' di tutto questo...

«Giada, va' a prendere due torce», mi disse. «Tu, Raffaele, le accenderai e andrai a metterle ai due lati del bersaglio che sta laggiù. Da questo momento è vietato parlare e lo si potrà fare soltanto dopo che l'alba verrà a sfumare la magia di questa notte.

«Impregnatevi di quanto state per vedere, seguite con attenzione il cerimoniale e allorché sarà concluso, chiudete gli occhi, rilassate il vostro spirito, e meditate, amici miei!

«Meditate la notte, meditate il silenzio e la brezza, meditate la pienezza dell'istante...»

Tutto quest'insieme di cose mi faceva venire un po' di fifa, ma ho fatto quanto lui mi aveva chiesto. Con Raffaele sono andata a mettere le due torce giù in fondo. Ricordo che era maledettamente lontano e, siccome la notte era molto buia, fu piuttosto difficile trovare il bersaglio. Raf ha acceso le torce e poi siamo ritornati. Per curiosità ho contato i miei passi: esattamente 61! Mai avrei creduto che ventotto metri fossero così lunghi!

Amorgen, avvolto nella sua lunga tunica, se ne stava seduto per terra. Il suo profilo, appena distinguibile, sembrava pietrificato: era immobile come una roccia, tanto che io, terribilmente impressionata, mi domandavo se non se ne fosse andato a fare un giretto dall'altro lato della vita. Raf ed io non osavamo muoverci né fiatare, sentendo che qualcosa di importante stava per succedere. Ma che cosa? Aspettammo così per parecchio tempo, e infine Amorgen si è alzato in piedi e lentamente ha impugnato il suo arco.

Laggiù il bersaglio era praticamente indistinguibile poiché il vento aveva spento le torce, ma lo sguardo s'era oramai abituato all'oscurità e, scrutando l'orizzonte, si distingueva vagamente una scura massa circolare. Amorgen teneva lo sguardo fisso in quella oscurità, la punta dell'arco posata sul ginocchio mentre la sua destra accarezzava dolcemente una freccia. Drizzò il suo arco come al rallentatore, poi tutto si svolse in un baleno: udii scoccare la freccia, il suo sibilo, un colpo sordo, e Amorgen gettò un breve grido. Poi, con la stessa sicurezza, scoccò un'altra freccia. Si sarebbe detto che nemmeno prendesse la mira. Con una strana voce commentò: « Qualche cosa ha scoccato la freccia e colpito il bersaglio! »

Con Raf abbiamo ripercorso i 61 passi per vedere cosa fosse successo. Ci siamo guardati come davanti a un miracolo: le due frecce stavano conficcate, l'una accanto all'altra, nel preciso centro del bersaglio. Quando le abbiamo tolte, ci siamo accorti di una coincidenza del tutto straordinaria: i due buchi l'uno accanto all'altro formavano il segno dell'infinito. Ce ne siamo rimasti immobili, al buio, per un bel po' di tempo, a pensare.

Poi siamo rientrati. Io non sono riuscita a chiudere occhio per tutto il resto della notte. Pensa un po': lui era passato vicinissimo, quasi palpabile...: m'ero imbattuta nel signor Spirito Santo!

10

IL SIGNOR SPIRITO SANTO

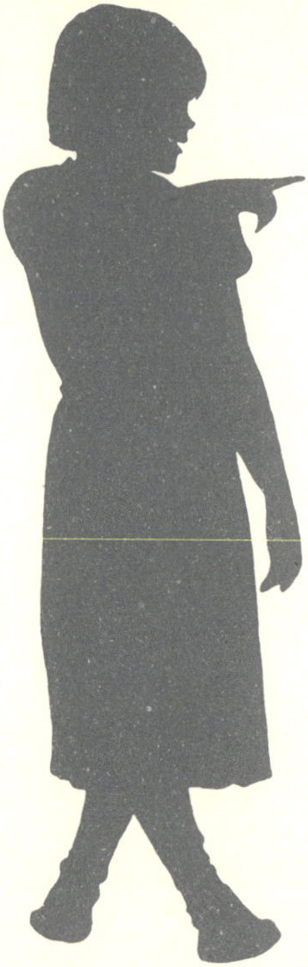

La freccia interiore! Avevo appena preso coscienza che bisogna sempre essere tesi – come un arco – verso uno scopo, nella giusta direzione. Se si possiede il ritmo, il movimento, l'equilibrio interiore, allora si centra il bersaglio, anche senza prendere la mira. Forse in tal modo si può persino raggiungere l'infinito delle cose o, come dice Amorgen, « decifrare l'invisibile... »

Ho molto riflettuto su questa storia della freccia. Mi sono detta: se è possibile far centro senza mirare, quasi a colpo sicuro, unicamente per la potenza dello spirito, può darsi che ciò avvenga non soltanto per un bersaglio posto in un campo ma anche per gli scopi della vita. Amorgen m'ha fatto rilevare che io m'impelagavo nel complicato tema di spazio-tempo e io non ho capito un bel niente delle sue spiegazioni. Ma ho continuato a ragionare nella mia testolina. Mi sono detta: se Amorgen raggiunge il suo bersaglio semplicemente immaginando la sua freccia in pieno centro, è forse possibile fare altrettanto con i propri progetti, e questa è una cosa terribilmente interessante. Non so se afferriate: raggiungere i propri scopi ad ogni colpo, uhau!... Equivarrebbe a dire che per raggiungere uno scopo basterebbe, come inizio, immaginare di averlo già raggiunto. Non solo per la gioia di fantasticare, ma perché realmente lo si vede. D'accordo, è una visione dello spirito, ma è anche una vera proiezione nel futuro, non una fanfaluca della sola immaginazione, perbacco!

La prossima volta che incontrerò la mia maestra le dirò: per coniugare la propria vita al più che perfetto, occorre viverla contemporaneamente al presente e al futuro anteriore! Dopo di che mi interrogherà per ore sui tempi dei verbi!

Per farla breve, Amorgen è proprio un tipo strano. Ho il sospetto che abbia messo in testa a Raf che non si è altro che piccole cose, con la stessa importanza dei fili d'erba, niente di più. Non dice mai « io », perché afferma che non è lui che agisce, ma che è « agito ». Io l'avevo già notato per le nuvole grigioscure o per l'entusiasmo: tutto viene dall'interno, ma non si sa bene da dove. Che da ciò si possa però dedurre che per ognuno sia lo stesso, che in fondo a noi ci sia una forza invisibile che agisce per nostro conto, io non ne sono sicura del tutto. E invece lui sì! Non dice « ho incontrato », ma « mi è stato dato d'incontrare », e questo talvolta genera delle formule contorte, come quando anziché dire « ho fame », dice « il mio onorevole stomaco è tristemente vuoto ». Non oso immaginare che formula usi quando ha urgenza di fare pipì!

La sera in cui ha centrato il bersaglio al buio, Amorgen ha detto: « Qualcosa ha scoccato la freccia... ». Ed era veramente un fatto strano, perché si sarebbe detto che nemmeno prendesse la mira e che le frecce scoccassero per conto loro, volando dritte al bersaglio che era stato loro dato, come uccelli che piombano sulla loro preda. Infallibilmente. Infatti tutta questa magia è opera dello Spirito Santo, sempre presente là dove avvengono strani giochetti, impossibili da spiegare...

Il signor Spirito Santo è davvero un tipo incredibile. Aleggia sulle cose, sulle persone, sul mondo, sfiora con la sua ala l'infinitamente piccolo, se ne ritorna verso l'infinitamente grande, senza cessare mai di andare e venire tra quaggiù e l'aldilà. In fondo, ha un lavoro terribilmente interessante: s'incarica di trasmettere il soffio del Creatore alla creatura come se fosse la fiaccola olimpica. Ed è un po' questo. Perché senza di lui la natura resterebbe inanimata, senza alito, senza nulla di così interessante da viverci. È per lui che le cose sono, e che il mondo effettivamente si muove. Dovunque lui passa avvengono metamorfosi, si verificano slanci, fremiti sottili, intuizioni folgoranti, e miracoli. Essendo invisibile, combina bene le cose: gli uomini parlano di caso, di fortuna, di circostanze, mentre – com'io immagino – il signor Spirito Santo, protetto dal suo incognito, se ne vola ad ali spiegate verso il suo azzurro palazzo, alla ricerca di una nuova missione. Il signor Spirito Santo è come un uccello migratore: istintivamente dirige il suo volo verso gli orizzonti il cui clima gli è favorevole. Ciò che lo attira di più, non sono le cose belle, buone o grandi, ma quel che è fatto con grandezza, purezza e bellezza. Per lui, in fondo, c'è una sola cosa che conta... è lo spirito: lo spirito con cui si fa quel che si fa. Là dove c'è entusiasmo, speranza, gioia di vivere, fraternità e preghiera si può essere certi che il signor Spirito Santo è presente! Dove c'è fede, c'è sempre il signor Spirito Santo. Ovunque dei cuori si infiammano, ovunque delle luci s'accendono, ovunque delle fiamme divampano – in fondo ai camini come in fondo alle pupille – il signor Spirito Santo è complice. Dio è la luce, l'uomo la candela e il signor Spirito Santo lo stoppino. È per questo che se vogliamo vederci chiaro, è nostro interesse non perdere di vista lo spirito.

Ho detto ad Amorgen che anche a me piacerebbe essere « agita » dal signor Spirito Santo. Ha sorriso, allora mi sono chiesta se occorra raggiungere i cento anni per essere assistita dallo Spirito Santo. Ma certo così non è: anche le paperette come me ne hanno diritto. Ma come fare per incontrarlo? Amorgen m'ha detto che bisogna mettersi in stato di preghiera, ma sul serio, non per far credere al tuo vicino che sei santa solo perché t'inginocchi in chiesa. Occorre abbandonarsi completamente, dimenticare questo borioso Io, che non smette mai di cianciare a vanvera, impedendoci così d'ascoltare i richiami che Dio ci sussurra: dimenticare, quindi, sia il proprio involucro carnale sia l'esistenza del mondo e volare verso l'infinito alla velocità della luce... Vecchio mio, si fa presto a dirlo, ma vorrei proprio vedertici!

Amorgen si trovava già in pieno viaggio interplanetario, mentre io me ne stavo ancora assorta a guardare muoversi i fili d'erba. Ed è a questo punto... sì proprio a questo punto, che tutto si è capovolto! A forza di guardar danzare i fili d'erba, ho finito per sentirmi anch'io un esile filo d'erba, v'assicuro. Ho cominciato a fremere al vento come i miliardi di miliardi di fili d'erba, ho vibrato come i miliardi di miliardi di secondi che formano il tempo, e sono stata attraversata dal soffio. Ho chiuso gli occhi, mi sono sentita leggera leggera, quasi come il fumo che svanisce nell'aria salendo verso il cielo. Dove è andato il fumo di Giada? Volatilizzato! Non saprei dirvi quanto sia durato tutto questo: era come un istante d'eternità; intendo dire: un momento fuori del tempo, un frammento di sogno tra due parentesi nella grande frase della mia vita. E ho compreso che cosa significhi pregare. Amorgen mi si è accostato:

« Come va, principessina? Hai un'aria indefinibile! »

« ...Io mi sento... completamente disincarnata... »

M'ha dato un buffetto sulla guancia e sorridendo m'ha detto: « Va bene. Ma a guardarti, si direbbe che sei ancora piuttosto in carne! »

11

MORDERE LA MELA

Carpe diem - Alleluia - Éureka. Ve ne ricordate, vero? So bene quello che pensate. Voi direte: una paperetta alta un soldo di cacio che ci fa la morale?!

E perché no, dopo tutto?

Ho già vissuto miliardi di miliardi di secondi e forse potrei sapere altrettante cose quanto il vecchio Amorgen che ha vissuto cento e otto anni.

Una volta m'è capitato persino di passare dall'altra parte della vita. Era in sogno. Mi trovavo inseguita dal diavolo che voleva farmi credere che « Dio e compagnia bella » sono tutte stupidaggini. Io l'ho accusato di concorrenza sleale, e lui se l'è avuta a male. Per farla breve, non so più cosa poi sia successo, fatto sta che io sono morta. A quel punto, mi sono risvegliata.

Ho pensato spesso a questo sogno e mi sono detta: quando si muore in sogno, poi ci si ridesta. Perdiana, è normale, perché non riusciamo a immaginare che cosa ci sia dopo la morte. E se anche la vita fosse la stessa cosa? Sì, può essere benissimo che la vita sia un sogno, da cui ci si ridesti veramente quando si muore. E si entra nella vera vita.

Comunque, chi può dirlo? Lo vedremo in seguito, al momento di morire. A proposito, secondo voi, com'è il momento della morte? Quando si è paperette come me, per sapere le cose bisogna proiettarsi molto avanti nel futuro, cioè in un futuro anteriorizzato, ma su scala... galattica! Mi piacerebbe sapere a che cosa si pensa prima di morire, perché se si sapesse questo nel momento in cui si nasce, forse si vivrebbe in modo diverso...

Io già so che quando si tirano le somme della propria esistenza, ripercorrendo quei miliardi di miliardi di secondi vissuti, quei numerosi incontri, tutte quelle azioni, tutti quei gesti, ci si accorge che gli istanti che maggiormente contano e che lasciano in noi l'eco più lunga, non sono le decisioni da noi prese, ma gli avvenimenti imprevisti e gratuiti che s'infiltrano in noi come l'acqua nel terreno, per fecondare il nostro piccolo granello di vita. Allora ci si apre, si sboccia, si fiorisce e si porta frutto. La vita diventa gustosa e si ha voglia di morderci dentro!

Tutto questo mi ricorda Fred. Non ve ne ho ancora parlato. È un grande amico, quasi quanto Raf (non mi riferisco soltanto alla statura, ma soprattutto al posto che occupa nel mio cuore). Fred afferma che per essere come si deve bisogna prendere quota. Perciò non smette mai di scorrazzare tra le montagne per conquistare vette sempre più alte. Come Raf: cerca sempre di guadagnare le altezze! Una volta gli ho chiesto: « Il senso della vita, per te, cos'è? ». S'è illuminato d'un grande sorriso, s'è grattato la testa e m'ha risposto:

« È talmente semplice che non c'è nulla da dire. In verità, tutto è così naturale. È un po' la storia di una mela. La tieni in fondo a una tasca e te la senti rotonda e succosa, tanto che ne pregusti il sapore. Ha il profumo della promessa, la tua mela. Tu aspetti il momento sublime, aspetti di arrivare in vetta alla montagna, e allora, finalmente, la tiri fuori dalla tasca, la lucidi con la manica, la fai brillare al sole. Esala un profumo che ti fa venire l'acquolina in bocca. È questo il momento, l'istante in cui una semplice mela riassume in sé il sapore della vita.

« Se però tu ti trovi in un frutteto, il discorso cambia completamente: di mele ve ne sono a crepapancia e ne puoi avere quante ne vuoi e non ti sfiorerà neanche l'idea di come possa essere divino il sapore d'una mela. Cosa dirti? La mia storia è semplice come quella di una mela. Nessuna parola riuscirà mai a far comprendere il sapore di un frutto tanto desiderato ».

Io, però, lo capisco il discorso di Fred: l'importante è il gusto di vivere e di assaporare la vita. A pensarci bene questo è un dono formidabile. Davvero formidabile...

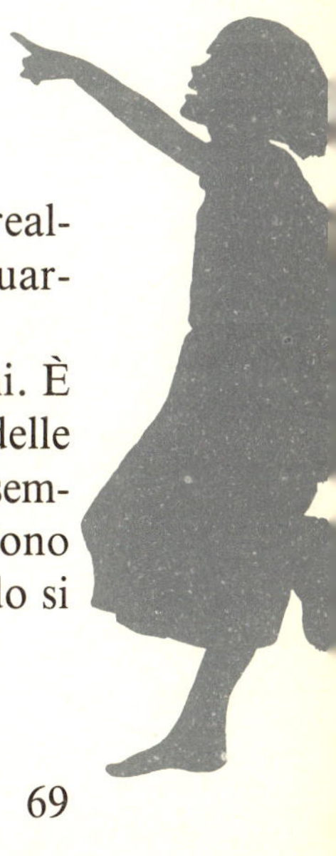

« La mela resta sempre la stessa, nella sua realtà, ma eccola trasformata dal modo in cui la guardi, la tocchi e la gusti. Capisci com'è?

« Tutto il mistero della vita è nei tuoi occhi. È sufficiente esercitarli a perforare l'apparenza delle cose. Ripeti a te stessa che quando l'universo ti sembra rabbuiarsi, non è perché le porte si chiudono davanti a te, ma soltanto perché il tuo sguardo si sottrae alla luce... »

12

COME RICONOSCERE GLI AMMICCAMENTI DI DIO

Quando si cerca di penetrare il mistero della vita, il problema, evidentemente, sta nel non sbagliare bersaglio. Ma con un po' di abitudine, la cosa è piuttosto semplice, perché ovunque ci s'imbatte in strizzatine d'occhio di Dio.

Anzitutto, Dio lo ritroviamo dovunque c'è luce. La luce è invisibile, siete d'accordo: ciò che si vede sono degli oggetti illuminati. Ebbene, così è Dio: egli è invisibile; ciò che si vede sono le cose che egli illumina. E per quanto concerne il sole, potete fidarvi di Dio che ne conosce ogni singolo raggio!

Dio è nel sole di giorno, nella luna di notte, e quando c'è un'eclissi egli appare discretamente nel chiaroscuro delle stelle. Nelle chiese e nelle cattedrali, i costruttori hanno fatto di tutto perché Dio, a suo piacimento, si infiltri all'interno, attraverso le vetrate, i rosoni, e tutto il resto. Ma esistono ben altre luci: nel luccichìo d'un torrente, nell'oro delle foglie d'autunno, nello smalto dei denti quando si sorride, nella stilla di rugiada, negli occhi della mamma quando mi guarda con il suo grande sole di tenerezza.

È attraverso gli occhi che tu percepisci la luce che ti giunge dall'esterno, è attraverso gli occhi che tu esprimi la luce che ti sgorga dal di dentro. Ti sarai reso conto che è attraverso gli occhi che tu ricevi e doni luce. Come Fred afferma, gli occhi sono fatti per perforare l'apparenza delle cose.

All'inizio davvero non capivo: tutte le persone quando pregano Dio dicono: « Liberaci dalla nostra cecità! ». Ho domandato a Raf che cosa volesse dire « cecità ». M'ha spiegato che riguardava il fatto di essere ciechi. E io mi sono detta: « Non è possibile! Allora tutti costoro sono ciechi. Poveretti! ». E Raf m'ha rimbeccato che anch'io sono cieca.

A quel punto gli ho detto: « Scusami, ma io vedo benissimo! ». « Niente affatto! », ha concluso lui, e io mi sono stizzita. Avevo l'impressione che lo dicesse apposta per farmi indispettire. Allora Raf mi ha chiesto:

« Siccome tu vedi così chiaro, puoi dirmi il colore del vento, o dove è il signor Spirito Santo, e che cosa avverrà domani? Puoi dirmi se l'incontro che oggi farai cambierà l'intera tua esistenza, o se invece lo dimenticherai in pochi giorni? Puoi dirmi che cosa si cela dietro l'orizzonte? E perché riesci a vedere le stelle solo di notte? »

Sono rimasta a bocca aperta, perché ovviamente non sapevo cosa rispondere.

« La morale », ha aggiunto Raf, « è che noi vediamo il mondo presente e il mondo visibile. Ma l'avvenire e il mondo invisibile sfuggono alla nostra percezione».

«E Amorgen, allora? Non scruta anche l'invisibile?»

«Sì, è vero, ma lo fa con la complicità del signor Spirito Santo. È per questo che deve meditare a lungo prima. Per avere una visione chiara o, più esattamente, una chiaroveggenza. Ma egli non vede con gli occhi. Tu sai ciò che diceva il piccolo principe del signor Saint-Exupéry: "Non si vede bene che con il cuore. L'essenziale è invisibile agli occhi!"»

Avevo finalmente capito una cosa terribilmente importante: non esistono verità nascoste. Le verità non si nascondono mai! È la nostra strana cecità che c'impedisce di percepirle. Questa è una ragione in più per fare attenzione agli... ammiccamenti di Dio!

Raf – è proprio il caso di dirlo – mi aveva aperto gli occhi. Quella scoperta, infatti, aveva rivoluzionato radicalmente il mio modo di pregare. Solitamente, quando ci rivolgiamo a Dio, gli chiediamo un mucchio di cose che in quel momento riteniamo buone per noi. Ma poiché siamo ciechi, come possiamo sapere se anche più tardi resteranno buone? Facciamo le nostre scelte, preghiamo perché tutto vada bene e invece poi tutto va a rovescio. E allora entriamo in crisi di fede e diciamo: «Se Dio ci fosse, ci dovrebbe essere un po' di giustizia!».

È buffo, appena si ha qualcosa da rimproverare a Dio, appena egli non fa quello che gli si è chiesto di fare, ci si vendica dicendogli che lui non esiste!

D'altra parte, sono sicura che se Dio facesse la nostra volontà, sarebbe una catastrofe! Se assecondasse tutti i nostri capricci, più tardi ci accorgeremmo di avere sbagliato e allora ci rivolgeremmo a Dio per dirgli: « Perché mi hai lasciato fare quella corbelleria? ». Tanto vale, quindi, abbandonarsi alla volontà di Dio, e volere soltanto ciò che lui vuole, perché tutto il resto è soltanto orgoglio, vanagloria e cecità. Ora, quando prego, più nulla chiedo a Dio. Cosa potrei chiedergli, poiché sono cieca e non so ciò che è bene e male? Ciò che è bene oggi, potrebbe domani rivelarsi un male. Allora? Allora la mia preghiera si riduce a cinque parole che non cambiano mai: « Sia fatta la tua volontà! ». Sempre pronta ad aggiungervi: « Deo gratias: grazie, Dio! »

Dapprincipio ero un po' in difficoltà a riconoscere gli ammiccamenti di Dio. Pensavo che egli fosse presente solo nelle cose sacre, che lo si incontrasse unicamente nelle cerimonie solenni, quali la Messa domenicale. Ebbene, non è affatto così: Dio è dappertutto, per la semplice ragione che il mondo l'ha costruito lui da capo a fondo. Egli è presente nell'acqua che scorre, nell'uccello che canta, nel sudore degli uomini, e nel cuore che si dona. Persino le cosucce da nulla, se fatte con slancio interiore, sono divine! I panini che mamma prepara, ad esempio, non sono altro che pane con un po' di prosciutto dentro, ma lei ci mette anche la sua tenerezza, perché pensa che la sua paperetta sarà incredibilmente felice di piantarvi i denti quando le verrà fame. Ed è così che il panino, diventa divino. Ci sono poi anche le caramelle che mamma fa scivolare nelle mie tasche: sono così deliziosamente dolci, hanno talmente il sapore della tenerezza, che per me sono caramelle di Dio. È come se il piccolo Gesù vi scendesse nella gola in pantaloni di velluto. E questo mi fa fondere di piacere ogni volta.

Dunque, Dio è responsabile di tutto ciò che ha creato, tanto che qualcuno lo chiama anche il Grande Architetto. Questo per dirvi quanto sia importante. Se, come suoi affittuari transitori, avete qualcosa da ridire, non avete che da ordinare: « Chiamatemi il proprietario! ». Dio arriverà all'istante e chiederà: « C'è qualcosa che non va? »

Certo, Dio vorrebbe che, sulla terra degli uomini, tutti fossero felici. Solo che la gente, quando le cose non vanno, non osa fare cenni per richiamare la sua attenzione, perché pensa: « Dio ha troppe altre cose da fare! ». E invece la sua gioia più grande sarebbe di essere là dove di lui c'è bisogno, rispondere sempre: « Eccomi! ». Ma bisogna chiamarlo, perché – ve l'ho già detto – non vuole forzare la vostra porta. E allora fatelo felice: richiedetegli i suoi servizi! Capita spesso anche a me. Lo invito nel mio castello interiore e appena entrato, hop-là..., alzo il ponte levatoio, e si discute soltanto noi due. Egli mi dà consigli su come coltivare il mio giardino interiore, sui procedimenti da adottare perché i miei fiori sboccino, perché i miei alberi diano frutti abbondanti, e le radici scendano più in profondità. Talvolta lui fa un po' il prezioso, e mi tocca attendere ventiquattro, anche quarantott'ore, ma alla fine arriva sempre. Non è che ogni volta risponda a tamburo battente: in qualche caso fa un po' l'indiano e debbo confessare che sovente non risponde con risposte ma con domande. Non dice mai: « Fa' questo o fa' quello ». Assume invece la voce della coscienza per suggerirmi: « Non pensi che...? ». In questo modo, voi avete l'impressione di essere liberi proprio facendo la volontà di Dio... Così stanno le cose!

Dio è come un papà: ha l'aria severa, poco abbordabile, si ha sempre l'impressione che abbia un mucchio d'altre cose da fare, faccende serie e importanti e improrogabili; ma poi ci accorgiamo che dentro è pieno di tenerezza, anche se non vuole dimostrarlo troppo... In fondo è proprio orgoglioso di averci per figli!...

13

IMPORTANTE PER L'AVVENIRE DELL'UMANITÀ

Dio è talmente furbo: affinché tu non lo dimenticassi, ha posto dentro di te un pezzettino di se stesso. Un giorno, Raf m'ha fatto uno strano discorso su di una specie di statua che avremmo dentro di noi.

« Esistono briciole di Dio, frammenti d'eternità, schegge di verità. Qua e là, qui e ora, dovunque e sempre. Tutto è già presente e tuttavia tutto è ancora da realizzare. È come se Dio ti affidasse un blocco di marmo: egli ti ha donato sufficiente libertà e talento perché tu ne possa fare qualcosa di bello, per esempio una statua. Se però ci rifletti, la statua che verrà fuori dalle tue mani non sarai tu ad averla creata, con i tuoi colpi di scalpello. Essa era già contenuta nel blocco di marmo. Tu l'hai solo tratta fuori dalla materia, l'hai rivelata. Se Dio non t'avesse dato la materia e l'ingegno non ti avrebbe concesso la possibilità di creare una statua.

« Ora, immagina che il blocco di marmo sia la tua vita. Dio t'ha dato abbastanza libertà, talento e ingegno per farne qualcosa, possibilmente qualcosa di ben riuscito, per esempio un destino fortunato. Ma se ci rifletti, il destino che nascerà dai tuoi sforzi, dal tuo agitarti, non sei tu ad averlo scelto: era già contenuto nella tua vita. Tu l'hai solo fatto sgorgare da te, lo hai rivelato. Se Dio non t'avesse fatto corpo e spirito, non t'avrebbe dato l'occasione di vivere la tua vita.

« Ho riflettuto a lungo su tutto questo: la nostra vita va scalpellata, occorre darle una forma, consentirle di assumere la patina del tempo: trasformare, insomma, la grezza pietra, levigarla, per farne qualche cosa che rassomigli a una scultura. Vi sono giorni in cui io mi considero un Michelangelo... »

Ci sono cose che mi fanno morire. La gente parla sempre di pace e non cessa di farsi la guerra. Più cose hanno per essere felici, e meno lo sono. È tutto piuttosto buffo, non vi pare? Non è che io ci capisca molto. Una volta ne ho parlato a fra Michele, che è un ambasciatore di Dio. Quando parla non è per fare prediche, ma per lanciarsi in audaci impennate liriche che proiettano la vostra anima verso il cielo. Nei suoi discorsi ispirati al *Carpe diem - Alleluia - Éureka* è talmente celestiale, ti dà talmente i brividi, che la gente, al termine della funzione, si alza per applaudire. L'altro giorno, tutto infervorato, puntava l'indice verso il cielo e la gente era pietrificata dal divino. Fra Michele diceva:

« Anziché sognare di conquistare il mondo, l'uomo farebbe meglio a sognare di conquistare il dominio su se stesso. È necessario che voi impariate a rimettere un po' d'ordine nel vostro giardino segreto, estirpando le erbacce dell'indecisione, dell'egoismo, della cupidigia, dell'orgoglio, e coltivando un po' meglio i semi della fiducia, della gioia e della condivisione...

« Miei cari parrocchiani, questa settimana è venuta a trovarmi una ragazzina, e ho potuto constatare che il tasso di moralità infantile è in netto rialzo. Forse i bambini cominciano a rassomigliare un po' meno al loro tempo e un po' di più a Dio... Ebbene prendetene il seme. E questo seme sappiatelo coltivare: perché ne potrebbero sbocciare fiori meravigliosi, e forse non c'è nulla di più importante per l'avvenire dell'umanità!... »

Mi sono detta che, probabilmente, fra Michele esagerava e ne sono arrossita un poco, perché sapevo bene chi fosse la ragazzina di cui parlava. Sono ritornata a trovarlo e gli ho chiesto:

« A che cosa serve pregare se si è soli a farlo, mentre gli altri pensano soltanto a fare la guerra? Credi tu che una paperetta come me possa cambiare il futuro dell'umanità? »

« Proprio così, Giada, io lo credo. Anzitutto tu non sei sola a pregare. Vi sono migliaia di migliaia di persone, forse milioni, che pregano qua e là nel mondo, proprio mentre noi discutiamo. Sì, in questo momento. È quella che si chiama la comunione dei santi. Tu non puoi vederle, ma Dio le vede ».

« E come può vederle? »

« Quando tu osservi la luna o una stella, può darsi che all'altro capo del mondo una ragazzina che tu non co-

nosci guardi anch'essa la luna o la stessa stella in quel preciso momento. Dio le cose le vede dall'alto: gli è quindi possibile vedere allo stesso tempo Giada e la ragazzina che sta agli antipodi. Capisci com'è?... »

« Ma se si trova così in alto, come può vedere proprio noi, tra migliaia e migliaia? »

« Ascolta... Prova a immaginare che quando preghi tu diventi una luce per il mondo. Perciò tutti coloro che pregano è come se fossero altrettante luci che salgono nella notte. E allora, grazie a Dio, grazie al signor Spirito Santo, grazie alla comunione dei santi, il cielo riflette questa luce e rischiara il mondo. Ed è per questo che il mondo cammina e si regge. Se più nessuno pregasse, non vi sarebbe più luce e il mondo intero precipiterebbe nell'oscurità e nel caos, nelle tenebre.

« È per questo, cara Giada, che la tua preghiera è importante. Perché, anche se tu fossi l'unica a pregare, anche se una sola luce restasse accesa, ebbene, ciò basterebbe per salvare il mondo! »

Mi piace molto ascoltare fra Michele perché è un illuminato e con la sua luce mi aiuta a vederci chiaro. Tuttavia le cose che mi ha detto m'hanno buttato addosso un po' di fifa, perché mi son detta che forse qualche sera per un pelo non mi ero dimenticata le preghiere e se davvero questo fosse capitato il mondo intero avrebbe potuto trovarsi al buio completo! Non pensavo proprio di essere così importante, io!... Ma fra Michele m'ha pure detto che non si prega solamente con le labbra, ma anche spandendo amore attorno a noi ogni giorno: è un po' come accendere una luce che si diffonde in un ambiente buio. Bisogna quindi essere illuminati dentro di noi per poter illuminare l'esterno.

A volte, fra Michele dà dei tremendi calcioni nel posteriore della coscienza della gente, ma vi è tanto amore nei suoi occhi che tutti i parrocchiani accettano senza fiatare.

Questo è anche il motivo per cui qualche mio compagno sta pensando di farsi prete, più avanti. Un giorno gli ho chiesto:

« Fra Michele, che cos'è amare? »

« È aver voglia di far piacere, niente altro che per il piacere di far piacere... »

« Gratis, per Dio? », gli ho detto.

« Bravissima! È esattamente così: per amor di Dio. Ciò che tu devi amare nell'altro non è il suo riflesso, non è il riflesso di te stessa, è il riflesso di Dio ».

« E... credi che si possa essere innamorati di Dio? Non è un peccato? »

« Ma no, tutt'altro! È esattamente l'opposto del peccato, è la santità! »

« Si è davvero felici quando si ama tanto, tantissimo? »

« Certo, e tu lo sai perfettamente ».

« Sì, ma c'è gente che dice: ''Non posso sentirmi felice se quelli cui voglio bene sono infelici...'' »

« Con il risultato di avere un infelice in più. E credi tu che un infelice in più crei la felicità? Ciò non rende felice alcuno: tutti se ne stanno rincantucciati nell'attesa che qualcuno si decida a dare l'intonazione giusta e offrire l'esempio di persona felice! »

« Cosa occorre fare, allora? »

« Amare non significa voler rendere felice l'altro. Significa essere felici e offrire la propria felicità all'altro ».

« Forse comincio a capirci qualcosa! », gli ho detto.

In realtà non ci capivo molto. Riflettendoci mi rendevo conto che amare doveva essere ancora una storia del *Carpe diem - Alleluia - Éureka.*

Sono piuttosto impressionata quando sono con fra Michele, perché quando ti guarda si direbbe che ti veda dentro. È abituato a scrutare l'invisibile, perciò con una sola occhiata legge la tua topografia sentimentale, come se i tuoi occhi fossero una carta geografica, o un libro di storie, oppure un bollettino meteorologico che annuncia le interne condizioni del tempo. Sono sicura, ad esempio, che abbia indovinato che io sono innamorata di Dio... E non decifra soltanto l'invisibile, ma anche il latino, l'ebraico e il greco, e questo è un po' un guaio, perché se ne sfumano i segreti miei e di Raf... Lui capisce tutto...

Fra Michele ha un mucchio di amici dai nomi strani, come Platone, Aristotele, Plutarco, Giovanni Crisostomo e persino Epitteto. Di quest'ultimo mi ricordo, perché sembra sia stato lui a dire: « Gli uomini si rendono infelici non per le cose che loro capitano, ma per il modo con cui le guardano». Ho pensato alle mie nubi grigioscure, e ho detto a fra Michele che mi sarebbe piaciuto incontrare Epitteto e discutere un poco con lui. Fra Michele è scoppiato a ridere e m'ha risposto che era proprio impossibile.

«Perché impossibile? Credi ch'io sia troppo piccola?»

Egli continuava a ridere: «Non è per questo, ma piuttosto perché lui è troppo vecchio!»

«Ah!... Quanti anni ha?»

«Pressappoco 2000!»

«E con questo? Io conosco un vecchio maestro che ne ha 108... Ebbene siamo proprio amiconi!»

«È possibile, cara Giada. Ma Epitteto è morto da un sacco di tempo...»

«Ah!... Allora bisogna aspettare di trasferirsi dall'altro lato della vita per incontrarlo?»

«Sì, credo proprio di sì».

«Peccato! Avevo un mucchio di domande da fargli... Spero di ricordarmene quando sarà il momento».

Ho domandato poi ancora a fra Michele perché frequentasse personaggi morti da un'infinità di tempo. Mi ha risposto che costoro avevano assai più cose sagge da dire di molti nostri contemporanei.

«Quindi, è per via della loro sapienza?»

«Indubbiamente. Ma è soprattutto perché, grazie a loro, si riesce a raccogliere frammenti di eternità».

«...Cosa significa, frammenti di eternità?»

A questo punto, m'ha fatto un grande sorriso, come una radiosa schiarita capace di fugare ogni nebbia dagli spiriti preoccupati.

« Vedi, Giada, tutto è un po' come un *puzzle*: hai davanti a te tanti pezzettini sparpagliati e tu devi cercare di combinarli fra loro in un insieme coerente. Inserisci frammenti di verità gli uni accanto agli altri. Per me, è il mio grande passatempo... »

« E quando il *puzzle* sarà completato, cosa ne salterà fuori? »

« Non lo so ancora. Tu cosa ne pensi? »

« Io ho come l'impressione che potrebbe essere benissimo l'immagine del buon Dio... Non ti pare? »

14
UN PO' COME UNA PREGHIERA

M'è già capitato di ritrovarmi in crisi per dubbi su me stessa. Be', in fondo non è poi così terribile! A un dato momento ti scopri in piena solitudine interiore. Ed è una dannata esperienza, che però può anche diventare un'esperienza sacra! Fra Michele ripete spesso un detto di uno dei suoi antichi amiconi che suona così: « Mio Dio, dammi il coraggio di cambiare le cose che io posso cambiare, la serenità di accettare le cose che non m'è possibile cambiare, e la saggezza di scorgerne la differenza ».

È la grande traversata del deserto. Quando ti trovi con sopra la testa milioni di stelle che ti stringono da ogni lato, quando il silenzio ti fa sentire dietro la nuca un'infinito bacio di eternità, si prova – te l'assicuro! – un tremore di tutto l'essere, un invisibile terremoto che ti sconvolge le idee. Dopo te ne vieni fuori frastornato e con la necessità di ripassare tutto al setaccio per distinguere l'oro dal terriccio. Quando hai subìto uno scossone del genere, sicuramente sei in grado di trasformare delle pepite di incantesimo in dorate pagliuzze di nuove idee. *Carpe diem - Alleluia - Éureka!*

Dio tiene in serbo una quantità di formule magiche, molto più di quante ne avesse Alì Babà. In qualsiasi momento può dire: « Uomo, apriti! », e l'uomo apre il suo cuore, perché quello è il luogo in cui Dio dà appuntamento quando vuole incontrare qualcuno.

Stamattina mi sentivo così felice da provare la voglia di stringere l'intero mondo tra le mie piccole braccia, coprirlo di baci e prodigargli un mucchio di coccole, impregnate di quello stesso sole di tenerezza che ha la mamma quando io sono imbronciata. Dopo, forse, il mondo andrà meglio: svanirebbero tutte le sue nubi grigio-cupo per lasciar posto a un cielo d'un azzurro intenso, esteso a perdita d'occhio, a perdita d'infinito! Gli uomini penserebbero solo a sorridere, perché si sentirebbero amati. La vita sarebbe terribilmente bella, non vi pare? Si potrebbe, allora, invitare il signor Spirito Santo a brindare alla vita, all'amore, all'eternità! Nella notte, portati dal vento, si alzerebbero dei canti. Amorgen insegnerebbe agli uomini la pienezza dell'istante, fra Michele resterebbe incantato ad ammirare i milioni di milioni di luci salire verso il cielo, Raf troverebbe il pieno di clienti per il suo *Spirit of Wonder*, che diventerebbe la mascotte dei tempi nuovi. Acciderba! Tutti riscoprirebbero lo *Spirito di Meraviglia*... Sarebbe davvero un gran giorno, quello!

Quando trabocchi di felicità ti viene voglia di rendere felici anche gli altri. E li ami al punto che vorresti stringerli forte forte a te, come se tu facessi un po' parte di loro, ed essi facessero un po' parte di te. Raf m'ha spiegato – ma io non ci ho capito molto – che è proprio questo miracolo del cuore che permette di fabbricare dei bambini.

Stamane la vita mi è apparsa così gustosa, così colma di succhi vitali e di fragranza da mettermi voglia di morderci dentro con tutti i denti, tanto che gli occhi mi sfavillavano!

Mi è ritornato in mente quello che Fred m'aveva detto della sua mela: « Tutto il mistero della vita sta nei tuoi occhi: basta esercitarli a perforare l'apparenza delle cose! ». Ebbene stamattina il mondo straripava di luce. Era divenuto talmente trasparente che si riusciva a vedere oltre, dietro tutte le apparenze. Avevo l'impressione che una mano invisibile accarezzasse il paesaggio e tutto ne risultasse più bello: ogni cosa, ogni uccelletto, ogni albero, ogni foglia, ogni filo d'erba, tutto diventava più bello perché si sentiva amato. Lo sai anche tu che si diventa più belli, quando ci si sente amati... Basta guardare i fiori come sbocciano al mattino quando sentono la carezza del sole: diventano belli perché hanno accolto la bellezza: si direbbe che sono toccati dalla grazia.

Per parte mia mi sentivo talmente bene in quella profusione di luce che scoprivo la gioia di respirare come se fosse la prima volta. Era come se ogni volta aspirassi l'alito di Dio. Avrei voluto trasformarmi io stessa in una minuscola voluta di fumo per essere ancor più leggera e fondermi con l'aria che si respira. Che bello se mi riuscisse di evaporare a quel modo nell'infinito... Mi divertirei come il signor Spirito Santo: sarei dappertutto e in nessuna parte, e nessuno lo saprebbe, se non Dio. Assumerei la forma di un sorriso e andrei a posarmi sulle labbra di qualcuno molto triste. Prenderei il suono di una risata allegra e andrei a farla scoppiare attorno a una tavola di amici. Prenderei il sapore di un bacio, e andrei a nascondermi in fondo al cuore di due innamorati. Andrei a trovare le persone complicate, salirei su per le scale del loro subconscio fino al terzo piano, per sussurrare loro: « Approfitta della vita: è troppo breve per viverla a metà... È oggi che devi essere felice... qui e adesso! *Carpe diem! Carpe diem...* »

E il mio sussurro risuonerebbe senza fine nella loro testa. Toglierei i catenacci alle loro porte e li aiuterei a disincagliarsi dai loro labirinti perché smettano di trincerarsi in se stessi; darei uno scossone al ragazzotto o alla signorinella che dorme in fondo a essi, insegnerei loro a dimenticare i problemi che essi stessi si fabbricano e li costringerei a fissare la luce perché non restino più soli al buio. Io...

Io riuscirò a far brillare i loro occhi... sì, ci riuscirò! Verrà loro voglia di piantare i denti nella vita come in una mela, ma occorrerà che prima s'arrampichino fin sulla vetta della montagna – come fa Fred – per meritare tutta la sua fragranza. Insegnerò loro a pensare a Dio con tale intensità che qualsiasi loro azione sarà preghiera. E siccome Dio adora di essere pregato, tutti saranno contenti, e forse tutto questo farà venir voglia a Dio di fare più spesso qualche miracolo.

...Giada, non ti sembra di spingerti un po' lontano? Per caso non stai scambiandoti per il buon Dio?

A questo punto son diventata rossa come un peperone; sì, lo confesso: stavo proprio scambiandomi per il buon Dio... Ma credo che lui mi perdonerà di aver voluto rubargli il posto. Dopo tutto, sono soltanto una paperetta, e quindi anche il mio peccato è solo un peccatuccio, insomma! Sento la necessità che mi ami tanto... tantissimo, quel Dio che mi appartiene. Anche se so che Dio è di tutti: per me è come se fosse solo mio, come se avesse una piccola preferenza per Giada, rispetto ai miliardi di altri esseri umani... e di fili d'erba! D'altra parte, creature come me Dio non ne fabbrica tutti i giorni, non vi pare? Ciò gli richiede un mucchio di lavoro e dopo ha bisogno di riposarsi: egli mette un pizzico di civetteria qui, un po' di furbizia là, un po' di sensibilità ovunque, gioia nel senso dell'altezza e mistero in profondità. Quando Dio mette tutte queste cose in una sola persona, ne salta fuori un cocktail frizzante, saporoso e tonico: la vostra Giada, insomma!

Per farmi perdonare la mia presunzione nel mettermi al posto di Dio, mi farò piccola piccola: mi nasconderò fra gli infiniti miliardi di fili d'erba e a Dio rivolgerò una preghiera. Ma non con delle parole. Con la musica del vento e tutta l'energia interiore. Il signor Spirito Santo assumerà il comando dello sterminato esercito dei fili d'erba. O, meglio ancora, sarà il direttore d'orchestra. E nella brezza della sera, mentre il sole tramonta, tutti i fili d'erba s'accorderanno sul diapason di Dio e ne scaturirà un inno tanto armonioso e bello da ascoltare che Dio ne avrà come un brivido alla schiena e, forse, gli spunterà persino una lacrima...

Ieri sera, prima d'addormentarmi ho detto a Dio: « Che la tua volontà sia fatta ». Ma poi ho pensato che forse poteva esserci un modo più bello per dirlo. In fondo, solo Dio può salvare il mondo in tutto il suo sapore... Ho riflettuto, e infine ho detto: « Che la tua volontà sia festa! »

Ebbene, sapete cos'è successo? Egli ha sorriso e - vi giuro - mi ha fatto una bellissima strizzatina d'occhi.

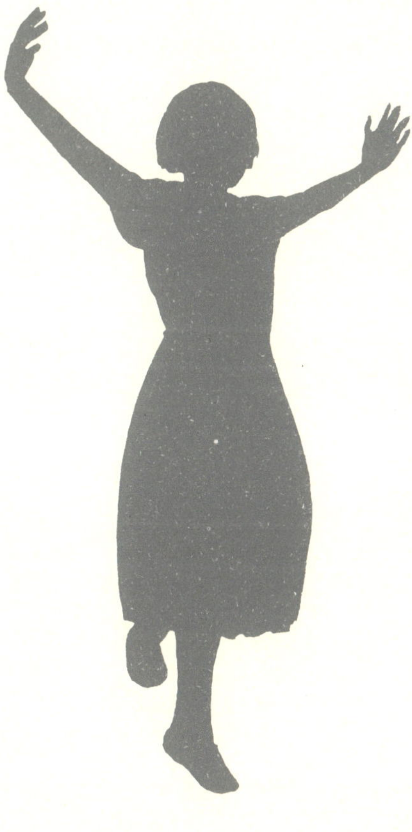

INDICE

SCAFFALE EPPÌ

Nello *Scaffale delle Edizioni Paoline* vengono raggruppate con particolare attenzione letture interessanti e varie, che hanno in comune la capacità di far riflettere sui molteplici aspetti della realtà in cui viviamo, e che offrono al lettore la possibilità di apprezzare la vasta gamma delle espressioni letterarie.

4. *Primo Mazzolari. Un grande protagonista della vicenda umana e religiosa del nostro tempo*, a cura di Arturo Chiodi
6. *S. Giuseppe. Un personaggio da riscoprire*, di Umberto Lovato
9. *Thomas Merton*, di Gilles Farcet
10. *Da Freud a Dio*, di Valerio Albisetti
11. *Giada*, di François Garagnon

Stampa: Àncora Arti Grafiche - Milano